公元 787 年，唐封疆大吏马总集诸子精华，编著成《意林》一书 6 卷，流传至今

意林：始于公元 787 年，距今 1200 余年

意林®

一则故事　改变一生

意林
松果阅读

我心有猛虎，
而你只要一枝蔷薇

《意林》编辑部 编

「大阅读」书系
懂「升学党」的阅读

松果阅读

我在一页特别的留白中，
种下一枝蔷薇。

长春出版社
全国百佳图书出版单位
吉林银声音像出版社

图书在版编目（CIP）数据

我心有猛虎，而你只要一枝蔷薇 /《意林》编辑部
编. -- 长春：长春出版社, 2015.9
ISBN 978-7-5445-4079-7

Ⅰ. ①我… Ⅱ. ①意… Ⅲ. ①散文集－中国－当代
Ⅳ. ①I267

中国版本图书馆CIP数据核字(2015)第210815号

大阅读·**我心有猛虎，而你只要一枝蔷薇**

总 策 划：顾 平
主 编：蔡 燕
责任编辑：郭鼎民
策划监制：蔡 燕 翟 爽
特约编辑：翟 爽 董 腾 丁辰迪
特约点评：酒 芃
封面设计：资 源
美术设计：刘海燕
发行总监：李振红

出版发行：長春出版社   总编室电话：0431-88563443
          吉林银声音像出版社有限公司   发行部电话：0431-81294007
地 址：吉林省长春市建设街1377号
邮 编：130061
网 址：www.cccbs.net
印 刷：北京嘉业印刷厂

开 本：700mm×1000mm 1/16
字 数：180千字
印 张：14
版 次：2015年9月第1版
印 次：2015年9月第1次印刷
印 数：1～20000册
书 号：ISBN 978-7-5445-4079-7
定 价：28.90元

启 事

    本书编选时参阅了部分报刊和著作，我们未能与部分作品的文字作者、漫画作者以及插画作者取得联系，在此深表歉意。请各位作者见到本书后及时与我们联系，以便按国家相关规定支付稿酬及赠送样书。
    地址：北京市朝阳区南磨房路37号华腾北搪商务大厦1501室《意林》编辑部（100022）
    电话：010-51908602

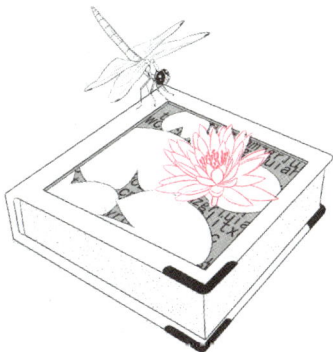

价值阅读

蔡 燕

每一个年轻人，都曾经或正在经历一无所有，正是因为经历过这个阶段，才体会到从无到有的过程是多么美好。编书的感受同样如此。看着一本书从一个思维的火花，一个创意的萌芽，经历封面的反复抉择，内容的再三挑选，书名的多次变更，到最后呈现给正在阅读本书的你，是一个奇妙的过程，有点像少年派的奇幻漂流。

人阅读书系，就如同少年派，最初的他完全不知道自己能否活下去，他经过了种种苦难、绝望、希望，最后终于赢得了生机，虽然经历阵痛，但最后他还是选择以美好示人。

在这个貌似文化大繁荣，出版物铺天盖地的时代，清流与浊流难辨。穿越故事、言情小说、网络文学、励志期刊、动漫杂志……精神的食粮如此之多，有的帮助学生排遣青春期的无聊和烦闷；有的引领学生在奇思异想的世界里冲浪；有的建构了完全的虚拟世界，为学生提供逃避现实的乌托邦。不去评论每本书的是非功过，起码它们抚慰、缓释了青春的困惑与苦闷。

然而，抚慰与缓释，并非这套书的初衷，也不是我们的目的。本套书的出发点，是做"懂'升学党'的阅读"，也就是我们本套书所提倡的"价值阅读"。

根据近期教育部出台的高考改革方案，语文在中高考中，在广度、难度上均有所增加，因此最容易拉开学生的档次。而语文能力最根本的培养在于阅读的广博和阅读习惯的培养。"大阅读"书系力求做"懂'升学党'的阅读"。"审美力"和"阅读能"是"大阅读"书系所提出来的概念。

"审美力"即让学生通过阅读大量优秀的文章而提高自身的审美格调，产生独立思考和判断的能力。因此，这套书选文以美文为主，封面采用国内著名插画师的最新原创手绘作品，版式设计追求古典文人画"留白"的美感。

阅读是写作的基础，也是语文的基础，所以学生迫切需要一种"阅读的能力"即"阅读能"，"阅读能"就是，能够看出文章想要表达的主题思想，能够明白作者的写作手法，能够懂得好文章与差文章的分别，今后再看文章，懂得自动吸收文章的优点，并指出文章的不足。我们希望阅读这套书的中学生们，不仅感受到心灵的舒缓和平静，还能立刻get作文、语文所需的各种技能。最美修辞，高格引句，文眼追踪，思维训练，让中学生在审美阅读之余，提升自身的现代文阅读能力以及作文水平。甚至，当"升学党"去到中考、高考的战场时，能够感受到语文和作文题目都是似曾相识，这样在心理战上已经赢得了中高考。

前北京大学中文系主任，现山东大学文科一级教授，同时也是北京大学语文教育研究所所长的温儒敏先生，是我们很敬重的长者。他一直致力于中学语文教改，倡导通过语文、阅读以及写作的教育，培养学生的思辨能力和理性思维。

我非常希望能够约请温儒敏先生为本书作序，但先生认为：这套书比较看重文采和结构，对于作文当然会有好处。但这也容易带来堆砌和套写的弊病。有利于高考（其实高考命题和阅卷都意识到这问题，在采取针对性措施），却并不利于真正的写作能力，特别是思维力的养成。为此，这套书根据先生的意见，在《脑洞君，请收下我的膝盖》这一本里，对思维训练做了专门的补充和完善。

虽然温儒敏先生最终并未替本书作序，但他提出的几个观点让我思考了很久。

"中学生写作是为了写作技巧能力本身吗？不是，写作在一般公民的生活中其实运用不多。学生学习写作，主要是书面语言训练以及背后的思维训练。后者更重要，却往往被忽视。"未来的中国中学生是非常幸运的，因为有像温儒敏先生这样的权威专家在力推语文教改，在催生并迎接真正的素质教育时代的到来。我想，这也是大阅读系列丛书后续组稿的方向。

《意林》杂志以"一则故事，改变一生"为刊旨，每一位熟读《意林》的青少年自会从中获得思考的智慧和向上的力量。作为一本市场化运作而又坚持传递正能量的期刊，在十余年的办刊经历中，我们也在找寻最适合自身的营销思路。和每一个品牌一样，我们希望精确地吸引住自己的核心读者群。我们同样也希望，我们能够服务于每一位具体的学生读者，减轻他们升学的压力，让他们感受到帮助、温暖和贴心。

我总是想起那些在深夜发到意林短信平台的短信，里面几乎都是中学生，尤其是初三、高三学生，在他们的字里行间充满迷茫和痛苦。升学的压力折磨着这些疲惫的灵魂，对学习难以突破的绝望，充满冷暴力的人际关系，竟让原本处于花季、雨季的中学生感到"苍凉"和"老了"。然而这种疲惫被掩盖在青春的肉体之下，被家长和老师忽略。一些地区的孩子来信表示，一进入高三阶段，甚至是刚进入高中，家长和老师就全面封杀所有的课外读物，只能接触无尽的习题和教辅资料。这让我感到难以置信和无言的悲哀。可能是因为中国实在太庞大，不是每一个孩子都能生活在北京，不是每一个孩子都能够离素质教育如此之近。

我们很希望为中学生的阅读世界做一点贡献，也在努力地做。我们同样希望"培育优秀国人"。

CONTENTS

山水清瞳

　　浓重的一抹蓝色划在天际，缥缈的白云在空中像几缕白烟。流云之下，一座青峰，碧绿的山色映在谁的清瞳之中。半山腰雾气迷蒙，风乍起，湖水碎成琉璃，漾开在亿万次的落花声里。群山暗暗，鸟鸣深涧。湖心，唯见一莲舟悠闲地徽荡……

素颜如雪
/李　娟

愿得一心人，白首不相离。原来尘世中最后的爱，竟是默默无语，不着一字。共一盏灯火，共度天阶微凉，直到地老天荒。

在凤凰古城遇见一家卖银饰的店铺，店名"素"。银镯子上刻着缠枝的莲花，不华丽，不张扬，但雅致素朴。一件件银饰上，有的镶嵌一块刺绣，有的镶一片青花瓷，或一块黝黑的沉香木，有着光阴的味道。我在心里默念着，仿佛一位小家碧玉的名字，素颜如雪。似一杯萦绕在舌尖的清茶，淡如微风，少有的清雅和回味。

暮春时节，院中的栀子花开了，白色花朵立在翠绿的枝头，如白衫绿裙的少女站在清清溪水边，说不出的素洁和美好。摘几朵插在透亮的瓶中，连梦里也是栀子花幽幽的清香。

读明人张岱《湖心亭看雪》："崇祯五年十二月，余住西湖。大雪三日，湖中人鸟声俱绝，是日更定矣，余拿一小舟，拥毳衣炉火，独往湖心亭看雪。雾凇沆砀，天与云、与山、与水，上下一白。湖上影子，惟长堤一痕，湖心亭一点，与余舟一芥，舟中人两三粒而已。"

此时茫茫天地之间，山长水远，万籁寂静，只听见雪在枝头簌簌落下的声响。天地粉妆玉砌，一派洁净。他在舟中，手捧一卷书，围一炉红泥小火，品一杯苦茶香茗。桌上的宣纸上落了一行诗句：晚来天欲雪，能饮一杯无？此时坐对一窗雪，如同坐对一卷书，听雪落寒窗，煮酒、品茗、读书，世间还有比这更惬意优雅的事吗？

几百年来，赏雪吟诗的诗人们来去匆匆，唯有张岱手中的笔，极简极淡。他似乎信手在西湖的舟中泼洒一幅水墨丹青，寥寥数笔，清淡、素净至极。好文字原来正是这样，不是花满枝丫，不是姹紫嫣红开遍，而是风尘俱静，素雅纯粹。那些文字有画意，有诗情，更有悠长的回味。

读季羡林先生暮年的文字，也是满目素洁和干净。不唱高调，至情至性，质朴无华。好文字原是清新自然，素面相见。他放下枝头所有的繁华，沉浸在文字的泥土中，简静，纯粹。人生到了他那样的境界开始做减法，删繁就简三秋树，留下清绝、风骨的枝丫伸向天空，如一树清寒的梅。

在古老的徽州，遇见一块石碑，碑文上刻着"圣人孩之"。季老到了人生的暮年，也将人生活得明白和透彻，一位大家，终生保持一颗孩童般对万物敏感、天真、纯净的赤子之心。暮年时候，卸下尘劳，回归生命的本源，只留下雅洁、纯净的文字，走了。

我喜欢画家林风眠的画，他笔下的仕女真是冰清玉洁。白衣的翩翩女子坐在堂中，黑发绾起，细细的眉，朱唇一点，纯洁素雅，安详从容。一身素衣，却胜过万紫千红。她不怒不怨，不悲不喜，彻底绝了尘世的烟火气。

她们在画中，或凝神，或抚琴，或低眉，你会感到，原来娴静也是一种奇妙的力量。她身边细腰的青花瓷瓶中插着花，花是白色的莲花，亭亭开在瓶中，犹如一位圣洁的女子盛开在男子的心中，纯洁似一个缥缈遥远的梦境。令男人一辈子心心念念的女子，何尝不是心头的梦？无法触摸，遥不可及，只有留在心底，梦里，画中。

一对夫妻，暮年时的爱情是素净如雪。老年的钱钟书和杨绛夫妇是一对相濡以沫的知己。有人来访，敲开门，杨绛先生不说话，递出一张纸条，上面写着，钱先生在读书，不能接见来宾。原来，杨绛先生不说话，是怕惊扰了钱钟书先生读书。是啊，只有她懂得他，半个多世纪的相依相伴，她成了他骨头里的钙，是他的呼吸，是他的氧气。他们之间没有甜言蜜语，连爱情都显得多余。终无语，竟是最深情时。她是他的右手和左手，情同手足，唇齿相依，似水流年里的恩情都在一粥一饭里。

看一幅油画，傍晚昏黄的烛光下，屋中桌前坐着一对老人，白发的男子戴着老花镜在看报纸，老妇人低头在编织毛衣。桌上放着一台收音机，两个人似乎都没有听。他们默默相伴静坐着，不说一句话。光阴似乎已经静止了。愿得一心人，白首不相离。原来尘世中最后的爱，竟是默默无语，不着一字。共一盏灯火，共度天阶微凉，直到地老天荒。一生相守，老来就成了那幅画，素净安详如两尊佛。

记得在中国美术馆看吴冠中先生画展，我站在那幅残荷前，惊呆了。荷塘结了冰，只剩下一朵朵残荷在冰雪中挺立着，与我素面相见，清远静美。一瞬间，荷的清气四溢扑面而来。记得风动荷花香还是昨天，一转眼，冬天来了，雪落了下来，留得残荷听雪声。那些雪中的残荷，犹如一个人的暮年，霜严雪寒中，自有一份气定神闲，铮铮铁骨，有品格，更有气节。

读唐诗宋词，你可以看见那个时代的风景，感受到那个时代的心灵，有我们现代人无法想象的清澄和素洁。眼前似乎有了一幅画，山寒水瘦，一个人独坐茅屋，听雪落寒窗，一抬头，见一叶孤舟正泊在江面。日暮苍山远，天寒白屋贫。隔着漫漫岁月，清凉和安然的气息迎面扑来。

素，于喧闹浮躁的尘世间，原来是一阙宋词。素，是生命的大美和庄严，也是人生另一个难得的境界。

花落梨园瘦

/李星涛

● 标题赏味:

"瘦"字将梨园拟人化,"花落"已是伤感,再加梨园玉体清减后的"瘦",更平添几分遗憾与叹惋的韵味。

再进梨园时,梨园已经瘦了,再也没有八百亩钱塘大潮似的浪花。一地凌乱的洁白,宛如春天饕餮之后的剩宴,给人繁华落尽的苍凉。

前几天,因学校创建示范学校的事,我在镇上逗留几日。中午饭毕,闲着无事,出了干校宾馆,走进了八百亩梨园。时序刚好是初春,梨花开得正好。一树树铺开,单独看来,就像是从大地深处喷涌上来的泉水,整个白花花的树冠就是一朵浪化。放眼望去,整个梨园就像是相逐的波浪,一直拍向远方。别看梨花占据了梨园的空间,可走在花枝搭成的长廊下面,身边依然还氤氲着淡淡的绿雾,其源头就是枝头上似绿还黄的叶子。

它们裂开叶芽,舒展叶片,硬是将嫩芽的颜色和清香融进花儿的世界里去。走近梨枝,细看那梨花,打着朵儿的,花瓣半遮半掩着闺房,羞态万千,让人柔情缱绻;盛开的,花形如玉盏临风,盛满阳光,不由让人微醺。尤其是那花瓣儿,粉粉的,薄薄的,没有肉的质感,并不耀眼,是月光似的嫩白。花儿在嫩叶的呵护下,安静地睡着,像是婴儿在摇篮中均匀地呼吸。花儿中间,斜插两三枝粉嫩的花蕊,有白的,有淡紫的,有粉红的。据说,梨树所结梨的品种,就是由这些花蕊的颜色来决定的。

站在梨园中央四顾,仿佛身置太虚。风儿一吹,簇簇梨花呢喃细语,仿佛黛玉读《西厢记》时欲语还

山水清瞳

5

羞的娇态。此时，梨花的甜味，泥土的芬芳，春草的气息，远处油菜花的粉香全都扑鼻而来，身子也随这种气息轻浮起来，就像是一缕阳光安睡在透明的水波之上。惬意之余突发遐想，要是能变成一只蝶，拥有这八百亩梨园，那将是怎样的奢侈？

眼前的梨园已经没有众多令人浮想联翩的意象了，枝头绿满了叶儿，随风颤动，裸露的枝条，虬龙似的张牙舞爪。"若待上林花似锦，出门俱是看花人"，那些梨花为了赶趟儿，急急忙忙地开了，然后急急忙忙地谢了，空留下这一地的白雪。想起杜牧《初冬夜饮》中的诗句："砌下梨花一堆雪，明年谁此凭栏杆。"我不禁有些伤感。

到了梨园门口，正好遇到管理梨园的老刘。他笑着说："这梨花，看别人开了，也忙着跟着开。人家结果了，它却空美一场，零落下来了。你看枝上，真正结出果子的才有几朵。"听了老刘的话，目光急忙掠上枝头，原先花朵累累的地方，有的只结出一枚梨儿的嫩果，有的一枚也没有。这让我不由得重新审视起梨花，重新掂量起地上落花的重量。

朝烟夕岚待月夜

/若水如诗

● 标题赏味：

"朝烟夕岚待月夜"，化用了袁宏道《晚游六桥待月记》的句子，令标题古意盎然，文雅绮丽的字眼，瞬间便能抓住读者的心。"待月夜"三字，又暗示了这篇游记性散文是记述月夜赏游的经历。

明代人袁宏道在《晚游六桥待月记》里写道："西湖最盛，为春之月。一日之盛，为朝烟，为夕岚……"袁宏道独特的审美观照，把西湖美在春月、在朝烟、在夕岚，尤以月夜为最，文中无"待"却题称"待月"，以实写虚，勾起读者期待的兴趣，袁氏真会吊人胃口。

此景之游，今春最妙。恼人的雨春却带来赏春的奇景，"自在飞花轻似梦，无边丝雨细如愁"。就在这雨末与初晴的夹缝里，稍纵即逝。不过不急，正好小花探春，梅花樱花桃花玉兰竞相闹春，杏花惜春了，百花次第，西湖的花期更长了。朝烟夕岚也正是这个季节容易产生。

第一束晨光刚刚扫描湖面，西子姑娘正待梳妆，隐约的轻梦似的晨雾笼在她的发髻，薄如蝉翼。细如新丝一样的山霭从湖心岛慢慢匀开来，散到四围的湖堤，满是活力的负氧离子被晨练的人使劲贪婪地吮吸，一张张比实际年龄年轻十几岁的脸此时红润鲜活富有朝气。哪个园里的小鸟试探着吐出第一缕馨香，随后就有婉转的清唱此起彼伏，虫儿不甘寂寞，拱动出土的希望的声音，匀在这晨幕里，真切地摩挲我的耳鼓，早起的野鸭拨动湖水的旋律，鹅也不示弱，按压波的管弦，大自然最美的天籁！就在云霓明灭的光影和路灯倒影的映衬下奏出动人心弦的晨曲……

美景中的时间流逝得最快。

正在欣赏"夹岸桃花蘸水开，小舟撑出柳荫来"的美景，却见日已偏西，游人的潮水开始回流……

夕阳的红晕氤氲在西子多情的脸上，接待过如潮涌的游客，苏堤舒一舒疲惫的腰身，白堤也眩晕起轻柔的梦，幽淡的山岚，懒散的暮霭慢吞吞地踱过来，要和西子悄悄秘密地私语。倦鸟悠悠归巢，懒虫沉沉入窝，南屏晚钟的韵律在霓彩飞扬的初韵里弥散开来，温润着游人匆匆归旅的脚步，西子的身边渐晚渐静。

我邀朋友说，这个时候来平湖秋月待月是最美的景致。朋友告诉我："累了一天，哪还有闲情逸致？"我留同行的年轻人一起待月，他们心焦，耐不住，就回家了。

旷寞的西湖就剩我一个待月痴人。

袁氏最后写道："然杭人游湖，止午、未、申三时。其湖光染翠之工，山岚设色之妙，皆在朝日始出，惜春未下，始极其浓媚。月景尤不可言，花态柳情，山容水意，别是一种趣味。此乐留与山僧游客受用，安可为俗士道哉？"本地人早起匆匆上班，无心赏朝烟，晚归匆匆回家，无暇观夕岚，外地游人皆作白日的过客，月下难得的景致更是无人知道了！如此，朝烟夕岚待月之奇景妙趣唯我独得了！

在皓月当空的湖边，我坐在寂寥的椅子上，看月笼堤岸，湖染夜光，花沉重梦，冷香袭人，柳睡魅态，其姿可人，水厚雾薄，幻象环生，想了许久，人的一生漫长，旅途必然有许多奇景异趣，要时刻珍惜，莫把生命里美好的时刻错过。往往醉心的把握、美丽的邂逅或因疏忽或因无知或因耐不住常常擦肩而过，给精彩的回忆留下许多遗憾和后悔的败笔。

七月，一面湖水

王晓静

● 标题赏味：

"湖水"，常用"一片"等量词修饰，文题却为"一面湖水"，给人以奇异的陌生感，引起兴趣。此外，"面"字暗示出湖水平静如镜的特征，以及湖水深况、胸怀广博的个性，一字领全文。

当那阵从天上吹来的长风浩荡地掠过苍茫的雪山，拂过牧民粗糙的额头，撞响悠远的驼铃声声，吹醒流浪者渴盼的眼眸时，我们知道，七月不远，青海湖不远。那片浩瀚的蓝，等待一冬的蓝，正舒筋展骨，悠悠醒转。

唐代，有个忧郁的诗人曾写下"君不见青海头，古来白骨无人收，新鬼烦怨旧鬼哭，天阴雨湿声啾啾"。他对青海的印象固执地停留在荒冷阴森的气氛中，过了几千年，也有个忧郁的诗人，他怀揣梦想，披星赶路，他蓬乱蒙尘的额发很长很长，但仍掩盖不住双眸中跳动的火焰，他点燃焦灼的向往照亮崎岖的路，用潦草的笔迹写下"面朝大海，春暖花开"，然后挂着幸福满足的微笑卧轨自杀，但是他留下的那些关于远方，关于草原的诗篇却被人夜夜传诵，纵情吟唱："七月不远，性别的诞生不远，爱情不远——马鼻子下，湖泊含盐"。后来，又有许多像他一样的浪子义无反顾地踏上征程，他们知道，远方的远方，有一片神秘的土地，有一片圣洁的湖是唯一能抚慰他们心灵的良药，是疲惫的灵魂最终要皈依的地方。

就这样，蓝色之上，时光之上，是凝聚不散的膜拜和忧伤。

青海湖，如此独特的名字，将两种不同形态的水域结合得天衣无缝。她有着青色的眼眸，是最璀璨的宝石色；有着海一样的广阔旷远，烟波浩渺，但神

最美修辞：

将青海湖拟人化为一个"她"，给人以亲切感，又将湖水比作"她"的眼眸，生动地描摹出青海湖的形状以及湖水的清亮明丽。

山水清瞳

9

奇的是，她只是个湖，一个胸怀更宽广，气魄更浑厚的湖。当你站在湖边时，水天一色，视线所及之处皆是幽蓝的水，再无别物，波浪一棱一棱地涌过来，泛起泡沫一样白色的浪花，让人惶然失措，以为空间错置，来到了海边，但凝神谛听，却没有大海发出的呓语或叫嚣，周围有亘古洪荒的安静，这种静不是当喧嚷落定时一刹那窒息空白的静，而是像回到远古，恒久不变的万籁俱寂的静。当一个人面对月时最能知道自我的清浊，当一个人面对湖时最能懂得自我的深浅。在这种巨大安静的包围下，面对这么无垠的碧波，我们都会情不自禁地垂首沉默，为自己的卑微和内心纷扰的欲望重重而感到自惭形秽。

青海湖脾性温良，从没有险风恶浪，因此它平静得如一面自然的镜子，慷慨为万物留影。

在夏天，经常可以在湖边邂逅一场云的舞蹈，那害羞的云朵总是迟疑地缓缓踱过来，偷眼照照"湖镜"中的倩影，然后便翩然起舞。这时的你可以噙一茎浅紫的野花，枕一缕草原的清风，喝几口阳光调成的酒，扯一派塞外的风情入梦，这梦该是相当香酣，不需要任何安眠药片的帮助。

望望旁边，不是只有你一个人那么悠闲，无数黛黑色的牦牛和雪白的羊，零星地散落在草原上，如遗落的花朵，且是最简单的黑白两色，衬着远处莽莽苍苍的褐色山脉，让人油然生出一种地老天荒之感。它们漫不经心地低头吃草，有的甚至像人一样侧身躺卧在柔软的草上，即使你从它们身旁大步跑过，它都不会睁眼看你一下，悠然自得得令我们这些万物之长嫉妒。其实人类是很可悲的。回想起儿时，谁不是无忧无虑的？可随着年岁的渐长，欲望也渐增，它漫过头顶，浸没了我们的灵魂，也浇灭了我们的自由、纯真，于是，梦越做越多了，快乐却越来越少了。我们

以为所做的一切努力都是为了让自己快乐，可总是到最后才发现是自己亲手扼杀了快乐，束缚了心灵。在这些高傲漠然的牛羊眼中，我们这些人类是不是很可怜呢？青海湖在这高原上静静地躺了几百万年，她微笑着看沧海枯盈，桑田变幻，却淡定自若，宠辱不惊，而人生只有短短几十年，却有许多人总是为一些几年内就可以忘掉的小事伤怀，或为一些得不到的而牵绊，这的确是很可笑的，真希望化身成这牛羊中的一只，嚼草叶的清甜，留余香缭绕于胸怀。

有人说，在都市楼顶望云是释放落寞，在云南看彩云是拾取遗落的梦，在青藏高原那离天最近的地方，望云是心灵对天空的一次朝圣。抬眼望，蓝得令人心悸的天上飘着几朵云，薄薄的，低低的，在草地上投下大朵大朵形态各异的影子，是的，云的影子。如果你不到这边来，肯定想象不到云竟会有影子！这里的海拔太高了，离天堂那么近，仿佛触手可及，你听，云外是不是缥缈有仙音？快踮脚伸手拽下一团棉花糖似的云吧，虽然不学《聊斋》上那个憨道士去种云，也应把它塞入枕套，为一宵清梦做准备啊！远处还有几朵厚厚的云，底端有些凝重的黑色，当它们飘移到一片山岭上端时，竟下起了霏霏飞雪，纷纷扬扬过后，暗色的山梁上立即飞上一片皑皑的白，你要知道，这样神奇的景色也只有在这片神奇的地方才会有，在这里，你会更深刻地体会到令人瞠目结舌的美。

最美修辞：

以比喻的修辞手法，生动地将云朵比作棉花糖，随即又运用夸张的修辞，书写将云朵塞入枕套，活泼的文字，描绘出云轻柔绵软的特点，十分形象。

站在湖边放眼远眺，会隐隐约约看到几座山，水波潋滟，一碧万顷中，这些山显得是那么突兀，像是一夜过后突然冒出来的，让人不由得揉眼凝眸，怀疑那是幻景，是海上光气制造的一个谎言，又觉得它们是那么孤独和遥远，令人无法抚慰，它们名叫海心山，又叫龙驹岛，据史记载：青海湖“每冬冰合后， 以良马置此山，来春牧之，马皆有孕，所生之驹，号为龙种，必多

骢异"。相传，汉平帝时，王莽就依此法得龙种，日行千里，称青海骢。有许多诗人都为它写下动人的诗篇，像杜甫确认道"此马临阵久无敌"，李群玉赞美道"绝足世未知，长嘶青海风"，李商隐咏叹道"远去不逢青海马"。但是最令人心动的还是它的传说，难道真是龙种吗？在这个科技如此进步的时代，问这样的问题好像很傻，可是热情的藏族姑娘说，她自幼在湖畔长大，早就听说过湖中有龙出没，长大后还见过两次，一次是雨后云端，隐约见到龙身，一次是见龙在湖畔饮水。她说话的时候双眼如星，炯炯地直视远方，好像沉浸在奇妙的回忆里。一定会有许多人对此话质疑，但我仍然愿意相信，哪怕它只是个瑰丽的幻象，也是这块土地上特有的神秘。

七月，对青海湖来说是一个流蜜的季节。湖畔的油菜花盛装上台，逶迤华丽地铺展至远方。湖色千顷，水波泠泠，于是造化就将这场色彩的盛宴呈现出来，温暖人的眼睛，当那一片灿若春光的金黄迷茫了你的眼睛时，也同样会迷惑你的心。这些惊艳的黄色是天上的神女不小心抖落了梳妆用的金粉？抑或是谁故意用风作笔，以阳光作颜料，浓浓地蘸上一笔，涂抹开去？庄周说天地有大美而不言，四时有明法而不说，万物有成理而不露。我面对这样的美景只觉得心都忘了跳动，才明白这就是"摄人心魄"的美，真是此中有真意，欲辩已忘言。空气中是浓得化不开的花香。如果没有风，就能感觉到香气凝固了的状态，也许是这高原的阳光太热烈，才能把一切香味蒸发得淋漓。我还是贪婪，一直在后悔应穿一件宽大的衣服，好兜满怀的馨香和绝色回去。我走在花旁的109国道上，就像在一条香气的河流中溯流而上，漫长的国道只有我一人，伶伶地走在大路中间，低吟着海子的诗："只有五月生命的鸟群早已飞去/只有饮我宝石的头一只鸟早已飞去/只剩下青海湖这

宝石的尸体。"望着暮色苍茫的水面，忽然想起齐豫的那首《一面湖水》。空灵的声音响起在耳边。有人说高原上的湖水是淌在地球表面的一颗眼泪……如果这样说，青海湖就是淌在海拔三千二百米高山的一滴眼泪，掬一捧入口，苦涩的咸味久久不散，缠绵在唇齿间，不知道要有怎样的哀愁才能酝酿出这万顷伤心泪，暮色苍茫，云低低地压下来，徘徊在头顶，依旧是一个人孤单地走在大路上，从背后看去，这帧颜色有些灰暗的图片是很有味道的，不必取名，相信每个饮尽孤独的行旅人都会明白……

有时在公路上会看到叩长头的藏族人，衣衫褴褛，满面尘灰，他们一丝不苟行着这种五体投地礼，将双手合并，移动胸膛、额头、嘴唇、心脏，然后以最虔诚的姿势俯身，让自己与大地全面贴近，也许他们以为这样就能使神灵更明白自己赤诚的心，从而会保佑降福于己，听说这些朝圣的人们大多是因为遭受不幸，而不远千里一路叩着长头来朝拜圣湖，当我们还在为一些闲愁琐恨郁郁寡欢时，他们却背负着深重的灾难一路艰辛地匍匐，漫漫长路，不仅仅承载了血和泪的交融，疲惫和疼痛的侵袭，更多的是一个个坚定的脚印见证了他们心中那盏不灭的灯。这是一种信仰，谁都没有资格去评说，因为它太厚重，那种坚定执着值得万灵敬畏。在城市的纸醉金迷中，我们早已习惯了效率，速度，一切都是速食主义，若碰南墙就马上回头另谋出人头地，执着只是傻羣的另一种含义，可是我们不知道，头顶那道信仰的光环已渐渐黯淡，我们早已没了信仰。

《天龙八部》里，乔峰曾对阿朱说过："以后等我把仇报了就退出江湖，我们一起去塞外放羊，过自由的生活。"真的，如果能和所爱的人在此终老，也未尝不是件美事，因为这些见之忘俗的风景是会在记忆里烙上印记的，会令你永远心心念念地牵挂。

● 标题赏味:

全文运用清雅的文字，针对"杜鹃"的文化典故，进行了详尽的梳理。文章主要围绕"杜鹃啼叫"的典故展开，标题中一个"啼"字，既总领了全文内容，又平添一份听觉刺激，给人以耳目一新之感。

耳边杜鹃啼

/罗 琅

我心有猛虎，而你只要一枝蔷薇

14

最美修辞:

运用引用的修辞手法。文章开篇通过午夜梦醒的生活场景，自然地引出贺铸的词句，于若有似无间点出全文的核心——杜鹃，行文清丽而无矫饰，别具水到渠成的自然之美。

午夜梦回，睡不着觉时，我通常起身看书或写稿，醒的时间无定时。近来醒来常听见悲切鸟啼，像贺铸词《忆秦娥》句:

三更月，中庭恰照梨花雪。梨花雪，不胜凄断，杜鹃啼血。

杜鹃鸟通常在二月份起就开始夜啼，唐诗中有"杜鹃枝上月三更"。年年二月起，它的凄厉悲切的啼声，时近时远。我住的地方附近，有一片树林。那一片树林，晨昏可听到各种鸟鸣，自然每年也少不了杜鹃的"不如归去"的鸣叫，夜半鹃啼大概也发自那里。

据说杜鹃啼到吐血而死。三月份姹紫嫣红的"山踯躅"，有人叫"映山红"，更多人则叫它为杜鹃花。传说是因杜鹃啼叫吐血亡后，这花便是它的血化成的。杜鹃鸟开始啼叫，正是杜鹃花开得最灿烂的时候。像现在已四月立夏，我在浅水湾头，耳边还有它悲悲啼啼的声音，传自山边。看来花虽已谢而鸟未亡，可见啼血化花只是美丽的附会。

杜鹃这种鸟在动物学上，是不值得恭维的。据说它不自己营巢，产卵在地上，等到其他鸟类出去觅食，剩下空巢，它就把卵偷偷放进别人巢中，等别的鸟代它孵育。这自然不是一位好母亲所为。想来小鸟孵出来后，可能还要别人代它喂养到毛翼丰满，能自行觅食为止。这鸟比起乌鸦燕子的母性，显得不负责任，好在它能整天悲悲切切却引人同情，所以有说它是杜宇望帝的化身，使"蜀人悲子鹃鸟鸣"哩！

据说逆旅中的游子，听到这种啼声，常常动起思家归心，唐代无名氏《杂诗》云：

早是有家归未得，杜鹃休向耳边啼。

有家归不得时，整天却听到"不如归去，不如归去"，心中的烦躁牵挂之情可以想象。杜鹃啼声凄厉悲切，古今公认，但它的声音大概在不同地方有不同的附会。有人听出它是"姑姑，姑姑"，也有人听出是"姑乎，姑乎"，而潮州人则听出是"姑虎，姑虎"，且凭这啼声，编织成一个动人的故事叫作《姑嫂鸟》，潮州家喻户晓，还在舞台演出。

潮州旧历四月盛产杨梅，到了端午便过时。杨梅开花在初春，也正是杜鹃启啼之时。传说有姑嫂两人善于绣花，工艺精湛，能亲见之花均被绣尽，唯独未见杨梅花的样貌，而杨梅开花在夜间，开完便谢，同时杨梅多种于山林。封建时代的妇女三步不出闺门，她们两人深以未能亲见杨梅开花为憾，于是相议于月明之夜，结伴离家到杨梅林中观赏杨梅花开的形状，准备把它绣出来。当她们到杨梅林时，遇见一只老虎，嫂子惊得昏了过去，及醒来，不见小姑。于是一路呼唤"姑姑，姑姑"，后来叫得筋疲力尽，发现小姑的鞋子，知为虎所噬，于是啼叫"姑姑"变成"姑虎"，因怕回去婆家责骂，叫至吐血而死，死后化成鸟，在每年杨梅开花时即开始呼叫，一直要叫到端午杨梅过后为止。

潮州人叫这种鸟为"姑嫂鸟"，而不说它是与杜宇有关。一种鸟有这样那样的传说，自然是各地有不同人创造的故事。文学作品是人创造出来的，故事同环境、时间相结合，可以编成动人的作品。即使像杜

关于望帝的传说，据《史记·蜀王本纪》，上古蜀国的帝王杜宇，号曰望帝，因水灾让位于臣子，而自己则隐归山林，死后化为杜鹃，因思念故国，日夜悲鸣直至啼出血来，故有"子规啼血"的典故。子规啼血，常用来形容极为哀痛的情感或对故国的思念之情。李商隐《锦瑟》中有"望帝春心托杜鹃"之句。

山水清瞳

15

鹃这样不值得恭维的鸟，一样可以附会出凄婉哀伤的故事。当我们听到这些故事，甚至读到前人写的诗词时，我们同情其故事，就自然忘记了这种鸟的恶行止，可见文学手段可以化腐朽为神奇。人们也喜欢把一些耳闻眼见的事物，与美好的传说结合在一起。杜鹃这种鸟就这样被美化了几千年，而且还会继续下去。

慢

李 娟

● 标题赏味：

文题简洁精练，仅一个形容词——"慢"，便浓缩了全文的主旨。此外，独词标题，凝练中富含深意，引人遐思：究竟什么"慢"呢？言近旨远，激发阅读兴味。

在苏州的山塘街，我遇见一位卖茉莉花的老婆婆。她坐在街角的小木凳上，身旁放着小竹篮，竹篮里盛满洁白的茉莉花。她低着花白的头，苍老干枯的手指，轻轻拈起那些小茉莉。雪白的茉莉，淡然、羞涩、洁净，如待字闺中的少女。她将一根细铁丝从花瓣中穿过，不一会儿，一串茉莉花就穿好了。她缓慢的举止，满头的银发，慈祥的模样，那么像我的祖母。我蹲在她身旁静静看着，茉莉如一群白衣的小姑娘排着队，牵手站在一起，我买了几串茉莉花，戴在手腕上，清芬袅袅，有暗香盈袖。

慢，原来这样娴雅和静好。

遥远时代的爱情，同样是缓慢的。读木心的诗："那时候，时间很慢，慢到只能用一生去爱一个人。"

那时的爱情如黎明的薄雾一样美。云中锦书，枝上花笺，水中鱼笺，都是特指书信的。俩人早已心心相印了，都不急着说破。他寄给她一封书信，她等了很久才收到，也不舍得马上打开书信。于是放在枕边，等到静夜里展开了细读。如水的月光落在宣纸上，如白雪落梅花，暗香盈盈。他缜密的心思，柔肠百折，无尽的相思，此刻，都由一支笔替他说了。好文字都是直见性命的，世间再没有比情书更美好的文字了。不是吗？两颗心为爱所牵，为爱陶醉。她问，什么是爱情？他说，我心里全是你。

那时的相思也是缓慢的，如同深夜的炉火上熬着

最美修辞：

将旧时慢节奏的"相思"，形象地比喻为炉上煎煮的中药，强调文火煎熬般的"慢"的特征，同时将中药苦中有甜的味道比作思念之味，使得抽象的慢节奏的"思念"，变得形象可感。

山水清瞳

17

的一炉中药，慢慢地煎熬，风中弥漫着中药苦涩的味道，还有一丝淡淡的甜，那是思念的味道。

慢，是在苏州留园里听苏州评弹。小桥流水，水榭亭台，也只有在古老的姑苏，才滋生出人世间最美的声音——苏州评弹。吴侬软语，那么柔软、湿润、惆怅，无尽的缠绵，浓郁得化不开的情思，细听原来是一曲《梁祝》。台上一袭长衫的翩翩男子，是从周瘦鹃笔下走出来的吗？穿桃红色旗袍的女子，仿佛一朵嫣然的蔷薇，她唱着："同窗共读三长载，你和我促膝并肩两情深似海，你我在人间不能成婚配，身化彩蝶花丛翩翩双飞，天长地久不分开……"

此时，光阴也是慢的，慢到要用一个下午，品味古老爱情的百转千回，柔情万种，内心无比柔软伤感。一对恋人，情投意合，生死相许。她活了那么多年，原来只为了和他相遇。

"安得与君相决绝，免教生死作相思。"台下的人早已听得泪水涟涟。

遥远时代的爱情，是光阴酿成的一坛美酒，芬芳醇厚，意味悠长。

如今的爱情，仿佛是一瓶冰镇的饮料，色彩斑斓，爽口解渴。但是，值得回味的太少太少。现在的爱情来得太快，去得更快。如电影《大城小爱》中的台词："我们太快地相识，太快地相爱，太快地接吻……然后太快地厌倦对方……"漫画家钱海燕说："在古典文学作品里，主人公的初吻一般发生在下册。而看现代小说，你在第二页就能见到他们的私生子。"

一切都是因为"快"。爱情里的情意绵绵，柳暗花明，峰回路转，都因为一个"快"字而意味尽失。

我们匆忙的眼睛来不及细看，匆忙的耳朵来不及倾听，浮躁的心来不及慢慢感受，匆忙的脚步总是走

高格美句：

三个"来不及"组成的排比句式，给人以催促之感，突出当下生活节奏之快，衬托出慢生活的珍贵与重要性。

得太快，与生活中的美好和真爱失之交臂。

老师说，所谓大家的文字，他的心就是一只紫砂壶，不论怎样平凡的琐事，装在这只紫砂壶里，倒出来的"茶"都是有香味的。是啊，好文字当然是有香味的。

读王世襄先生的《京华忆往》，他是京城第一大杂家。有人曾说，中国一个世纪可以出一个钱钟书，可是几个世纪也难出一个王世襄。他不仅写明式家具，器物文玩，也写百灵鸟的鸣叫，蝈蝈的歌唱，铜炉的妙趣，处处以小见大，童心盎然，妙趣横生。

他年轻时曾就读燕京大学，一日，邓文如先生正在课堂上讲《中国通史》，他怀中的蝈蝈忽然开始唱歌，邓先生训斥道："你给我出去！是听我讲课，还是听你的蝈蝈叫？"众人哗然。人常说，玩物丧志，可是他却是"玩物成家"。他还说："一个人连玩都玩不好，还可能把工作做好吗？"

闲了，慢慢品味他的文章，恬静美好，一派天趣。世间万物在他的笔下，皆具性情和灵性，那是闲情逸致，淡定从容，也是生之趣味。人世细小的喜悦和乐趣，都在他的文字里。我随着他一支妙笔，回到纯真嬉戏的童年，重回到故园，回到生命的根。恍然明白，好文字正是这样慢慢写出来的，从容不迫，雅洁美好，写尽生命的幽微，月白风清。好文字原来也是一块璞，经过岁月细细打磨，才成为一块美玉。

慢也是情趣。落雪之夜，围一炉红泥小火，读一本旧书，品一杯苦茶香茗。张潮说："春听鸟鸣，夏听蝉声，秋听虫声，冬听雪声。"世间所有美好的声音，几乎都被他写尽了。是啊，我们有多少个秋冬没有听见虫鸣与雪声了？落雪之夜，时光是缓慢的，用一个冬夜听雪，读书，想念一位故人。

在江南采莲的季节，我去杭州的虎跑寺看望弘一

最美修辞：

运用比喻的修辞手法，以璞历经打磨而成美玉，比喻好文字产生的过程，极言"慢"的重要与必要。

大师李叔同，他三十九岁时在这里出家。纪念馆的陈列柜里，摆放着他和学生丰子恺共同创作的《护生画集》。因为丰子恺一生敬重李叔同，深受他的影响，文字和画里，禅意、悲悯，饱含大爱。丰子恺为了报答师恩，开始了《护生画集》的创作，他画，大师写。弘一大师六十三岁仙逝，留下他一个人继续画。在"文革"中，他被人批斗、游街、关牛棚，受尽屈辱和折磨的他，依然没有放下手中的画笔，他为创作六集的《护生画集》用去了四十六年的时光，一直到他生命的尽头。

师生情谊，如清风明月，山高水长。他用这种方式，坚守一份师生的约定，也用漫长的一生，去怀念一个人。情深义重，千古情怀。

那个时代的人，生活节奏缓慢，步履从容，心境澄明。也只有气定神闲、内心宁静的人，才能听见自己灵魂的呼吸，不是吗？

生活中不能没有风雅，世间一切的优雅、情趣，都自"慢"中得来。

大凡美好而珍重的事情，都需要慢慢等待，慢慢欣赏的。比如：好书，好物，好人，好情……

篇末收束全文，以平实的文字，再次强调"慢"生活的魅力和"慢"生活的必要，是全文的主旨所在。

背景

朱以撒

春气氤氲，我倚在这个破旧石塔的阑干上想。一定有许多生物和我一样，走出沉闷的居室，到一个大得无边的空旷处，呼吸和张望。

我看了很久，明朗的天幕一直没有飞鸟经过，这个飞禽最广大的表演舞台，此时虚静以待。难道我没有看到头顶盘旋的鸽群吗？这些由人养，供人玩赏的菜鸽，飞起来永远是那种落入圈套一般的路数，整齐划一。它们在天幕一角规划好飞翔线路，便一味进行着毫无新意的环行。它们的主人十分欣赏这种阵势，他每日花费的玉米、花生，就是要把它们训练成一个整体，而不是那些毫无管束的野鸟。以前，这里的野鸟成群成片。尤其像菜鸽兄弟——飞起来箭一样的斑鸠，野性十足地在丛林中穿来穿去。斑鸠与鸽在形体上相似，使鸽的主人隐忧：可别拐带走整个鸽群。<u>比斑鸠飞得高远从容的是鹞子，很有风度地定定地摊在空中，像一片舒展的灰瓦。灰瓦像一大片阴影，令地面的母鸡神色紧张，在俯冲下来的瞬间，悲剧就发生了。</u>更多的鸟是闪过天幕的游侠，从这边到遥远的那边，飞起来没有章法，时快时慢，升高跌落，成为不可规划的剪影。现在，没有了飞鸟，天幕沉寂空洞，像没有生命点播的土地，这么大的空间白白浪费。飞机是天幕上最大的鸟，自从有一个机场建在城市边缘，每日都可以看到钢铁大鸟腾空而起，夹带着夸张的轰鸣。这是比鸽子更为拙劣的表演，翅羽不动，身段刻板。那些自由自在的野鸟，竟然以身击之。这个偌大的背景，原先就是属于翅羽翻动的——当一颗流星匆匆坠落，漆黑的天幕为之生动片刻，当鸟群从晴朗的天幕消失，它成了我们不再仰望的理由。

　　在田野里想念田野。写下这个句子时，田野里已经是一片绿色了，我一直带着传统的眼光来看待它，当时我对田野的理解，就是它的狂野。杂草长得比庄稼快，草丛中潜伏着竹叶青，芯子像微小的闪电巡回；蚂蟥像幽灵一般浮游，刹那间就贴在小腿上。田埂上行，野蔓绊着，冷不防跌入泥水之中。田野终须由农民治理，田野只能生长庄稼，还有农耕人家，它们是土地上紧密相依的几个部分——我们认识了庄稼的颜色，也就认识了这些生长元素。是从什么时候起，田野不再生长庄稼了呢？空间的历程是这么重要，千百年来，土地携带着众多浮华生命，向前。每一个时刻，这块厚实的地面上都在生着，或者死着。没有停滞下来的能量，任何一粒生命的种子，落入其中。不长出枝叶来是没有理由的。不再需要犁耙的田野，不再需要与泥水打交道的人。似乎在一夜之间站到了流水线的跟前，他们生理上做好了气力的准备，而心理上，还须静静地等待着适应时光的到来。

　　如果留心一下，山村背景里的生动，还是由一些细节组成。这些细节规范着一个村子和另一个村子的区别。在这个生长着成片的龙眼树的村子里，米粒大金黄的花开时，村子热闹起来。遥远的养蜂人载着一箱箱的蜂房来到树下，他们似乎与村里有着无形的契约，果树倚仗蜜蜂的勤劳授粉得以丰收，养蜂人则得到甜蜜。整个村头村尾，响着嗡嗡吱吱的鸣弦声响，

人们嗅到了被万千翅羽扇起的幽香，树的主人，在养蜂人告辞的时候，可以得到一罐纯正的花蜜。这是养蜂人表示的谢意。很快，他们继续追花、采蜜，他们本身就是不倦行走的蜜蜂，熟悉各种花树花期，走南闯北，麾下万千子民。村子里总是要有些生人才有比照，他们带着陌生的气味进来，让无数的眼光打量，服饰、发型及至说话声调，都成为话题。龙眼树一年年地少了，房子一幢幢地起来，剩余的灰土、碎渣，都堆在树头上。加速枝叶的疏松、剥离。养蜂人已经不来了，他们肯定还在路上，却把这个村子忘在脑后。这个每年都有一段清幽弥漫的空间，存放在记忆的仓库里。

与背景相适应的细节模糊了，或者消失了，人置其间，就有一些恍惚。我们所能自慰的，就是当我们口头上感叹着既往的种种琐屑时，它已经在我们的中间，对照着我们此刻的生活了。

山水清瞳

泪的重量

/林 希

我心有猛虎，而你只要一枝蔷薇

24

　　轻的泪，是人的泪，而动物的泪，却是有重量的泪。

　　那是一种发自生命深处的泪，是一种比金属还要重的泪。也许人的泪中还含有虚伪，也许人的泪里还有个人恩怨，而动物的泪里却只有真诚，也只有动物的泪，才是更震撼人们魂魄的泪。

　　第一次看到动物的泪，我几乎是被那一滴泪珠惊呆了。本来，我以为泪水只为人类所专有，而动物因为没有情感，它们也就没有泪水。但是，直到真的看到了动物的泪，我才相信动物也和人一样，它们也有悲伤，更有痛苦，只是它们因为没有语言，或者是人类还不能破译它们的语言，所以，当人们看到动物的泪水时，才会为之感到惊愕。直到此时，人们才会相信，动物原来更有一种为人类所不理解的无声的哀怨。

　　我第一次看到动物的泪，那是我家一只老猫的泪。这只老猫已经在我家许多许多年了，也不知它生下了多少子女，也不知它已经是多大的年纪，只是知道它已经成了我们家庭的一个成员。我们全家人每天生活的一项重要内容，就是和它在一起戏耍。在它还是一只小猫的时候，我们引得它在地上滚来滚去。后来，它渐渐地长大了，我们又把它抱在怀里好长好长时间地抚摸它那软软的绒毛。也是我们和它亲热得

太多了，它已经一天也离不开我们的抚爱了，无论是谁，只要这一天没有摸它一下，就是到了晚上，它也要找到那个人，然后就无声地卧在他的身边，等着他的亲昵，直到那个人终于抚摸了它，哪怕只是一下，这时它也会心满意足地慢慢走去，就好像是它为此感到充实，也为此感到幸福。

只是，多少年过去，这只老猫已经太老了，一副老态龙钟的样子，行动已经变得缓慢；尽管到这时我们全家人还是对它极其友善，但，也不知是一种什么感应，这只老猫渐渐地就和我们疏远了。它每天只是在屋檐上卧着，无论我们如何在下面逗引它，它也不肯下来，有时它也懒懒地向我们看上一眼，但随后就毫无表情地又闭上了眼睛。

母亲说："这只老猫的寿限就要到了。"也是人类的无情，我们一家人最担心的，却是怕它死在一个不为人知的角落，我们怕它会给我们带来麻烦。就这样每天每天地观察，我们只是看到这只老猫确实是一天一天地更加无精打采了，但它还是就在屋檐下、窗沿上静静地卧着，似在睡，又似在等着那即将到来的最后日子。也是无意间的发现，那是我到院里去做什么事情的时候，我只是看见这只老猫在窗沿上卧得太久了，就过去想看看它是睡着，还是和平时一样地在晒太阳。但在我靠近它走过去的时候，我却突然发现，就在这只老猫的眼角处，凝着一滴泪珠。看来这滴泪已经在它的眼角驻留得太久了，那一滴泪已经被阳光晒成活像是一颗琥珀，一动不动，就凝在眼角边，还在阳光下闪出点点光斑。

"猫哭了。"不由己地，我向房里的母亲喊了一声，立即，母亲就走出来，她似是要给这只老猫一点儿最后的安慰。谁料这只老猫一看到母亲向它走了过来，立即强挣扎着站了起来，用最后的一点儿力

最美修辞：

运用比喻的修辞手法，将老猫阳光映射下的泪比作琥珀，形象地突显出这滴泪晶莹闪亮的特征，同时也以作为珍宝的"琥珀"，衬托出这滴泪的珍贵。

气，一步一步地向屋顶爬了上去。这时，母亲还尽力想把它引下来，也许是想给它一点儿最后的食物，但这只老猫头也不回，一步一步地向远处走去，走得那样缓慢，又走得那样沉重。

直到这时，我才发现，是我们对它太冷酷了，它在我们家活了一生，我们还是怕它就在我们家里终结生命，我们总是盼着它在生命的最后时刻，能够自己走开，无论走到哪里，也比留在我们家里强。最先我们还以为是它不肯走，怕它向我们索要最后的温暖，但是我们把它估计错了，它只是在等着我们最后的送别；而在它发现我们已经感知到它要离开我们的时候，它只是流下了一滴泪，然后就悄无声息地走了，走到不知什么地方去了。

很久很久，我总是不能忘记那滴眼泪，那是一种最真诚的眼泪，是一种留恋生命，又感知到大限到来的泪水。动物不像人类，人类总是对自己存一种侥幸，他们总是希望那种对于每一个人都是不可避免的最终结局会在自己身上出现奇迹，也是我们人类过于贪恋生命，所以我们总是给爱我们的人留下痛苦。倒是动物对此有它们自己的情感，它们只给人们留下自己的情爱，然后就含着一滴永远的泪珠向人们告别，而又把最后的痛苦由自己远远地带走。

动物的泪是圣洁的，它们不向人类索求回报。

如果说猫的泪是告别生命的泪，那么还有一种泪则就是忍受生命的泪了。这种泪是骆驼的泪，也是我所见到的一种最沉重的泪。

那是在大西北生活的日子。一次我们要到远方去进行一种作业，全农场许多人一起出发要穿过大戈壁，没有汽车，没有道路，把我们送到那里去的只有几十峰骆驼。于是，就在一个阴晦的日子，我们上路，一队长长的骆驼，几十个被社会遗弃的人，无声无息地走进了荒漠。没有一株树木，也没有一簇野草，整整走了一天，也没有见到一个人影，就这样默默地走着，我们吃在驼背上，喝在驼背上，摇摇晃晃，我们还睡在驼背上。

走啊，走啊，从早晨走到中午，又从中午走到黄昏，坐在驼背上的人们已经是疲惫不堪了，而只有骆驼还在一步一步地走着，没有一点儿躁动，没有一点儿厌倦，就是那样走着，默默地忍受着命运为它们安排的一切。

脚下是无垠的黄沙，远处是一柱柱擎天直立的荒烟，"大漠孤烟直"，我第一次亲身感受到古人喟叹过的洪荒。我们的人生是如此不幸，世界又是如此艰难，坐在骆驼背上，我们的心情比骆驼的脚印还要沉重。也许是走得太累了，我们当中竟有人小声地唱了起来，是唱一支曲调极其简单的歌，没有激情，也没有悲伤，就是为了在这过于寂寞的戈壁上发出一点儿声音。果然，这歌声带给了人们一点儿兴奋，立时，大家就有了一点儿精神；那一直在驼背上睡着的人们睁开了眼睛。但是，谁也不会相信，就是在我们一起开始向四周巡视的时候，我们却一起发现，驮着我们前行的骆驼，也正被我们的歌声唤醒，它们没有四处张望，也没有嘶鸣，它们还是走着走着，却又是同时流下了泪水。

骆驼哭了，走了一大的路，没有吃一束草，没有喝一滴水，仍在路上走着，也不知要走到何时，也不知要走到何地，只是听到了骑在它背上的人在唱，它们竟一起哭了。没有委屈，没有怨恨，它们还是在走着走着，然而却是含着泪水，走着，走着……

这是一种发自生命深处的泪，这是一种生命与生命相互珍爱的泪，是一种超出了一切世俗卑下情感的泪，这更是我们这个世界最高尚的泪；直到此时，我才彻悟到泪水何以会在生命与生命之间相互沟通。人的泪和动物的泪，只要是真诚的泪，那就是生命共同的泪。

我看到过动物的泪，那是一种比金属还要沉重的泪，那更是使我们这个世界变得辉煌的泪；那是沉重的泪，更是发自生命深处的泪，那是我终生都不会忘记的泪啊！

山水清瞳

高格美句：

运用排比的修辞手法，以权威性语气为动物的"泪"下着定义，由"发自生命深处"到"相互珍爱"到"超出了一切"到"最高尚"，层层递进。作者直抒胸臆，赞美着动物真诚的泪，富有力度的文字，给人以强烈的心灵震撼。

清秋书简 / 潘纤云

　　倚灯夜读，有虫声从院角黄菊丛内传来，时停时续，忽高忽低，带点儿诗词里的平仄音律，不紧不慢地在秋夜里弹唱。"灯下草虫鸣"，想着这几个字，指尖慢慢滑过书页，伴着秋虫的浅吟读书，心里更觉温暖得很。

　　古人说，春听鸟声，夏听蝉声，秋听虫声，冬听雪声。我觉得，这四种声音里，春夏的鸟声蝉声过于激烈，浮躁张扬了些，冬天的雪声又过于清寂，单调孤寒了些。而端坐在秋虫声里，听虫们一唱三叹的唧唧声，不紧不慢，清越激昂，犹如诗人们的雅集聚会，内心不由自主地抒情起来，或捧卷展读，或邀友煎茶，才不负这诗意秋声。

　　"八月在宇，九月在户，十月蟋蟀入我床下"，《诗经》里描述了季节的转变。西风起，月冷霜寒，虫鸣断续，伴着捣衣的砧声，夜风中的箫声，思妇远望征人，虫语的低吟亦如她的心声：唧——唧唧，分明是"盼——盼啊"。她仰头观天，雁阵穿过暗夜的云朵长鸣而去；俯首看地，草丛里秋虫声声低语，天地间响彻它们的叫声。大雁知道南飞，蟋蟀知道归家，良人又在哪里？她的身影在秋灯里越发孤凄。

　　这种意象定格在诗书里，便是一幅幽凄伤情的画卷，也是文学里的抒情美，让人回味有加，如叶圣陶所言，虫声会引起劳人的感叹，秋士的伤怀，独客的微喟，思妇的低泣，是无上的美的境界，而常人世界里的秋虫声，又是另一番自然诗篇。

幼时在乡下亲戚家，跟着婶婶到田野里守秋。我们爬上木柱搭成的高高的草棚，田野里的作物尽收眼底。花生、山芋、玉米等，黑黝黝的藤蔓伏在野地里，有新稻的清香从远处飘来。婶婶略有睡意，让我注意有无田鼠野獾的出没。我静静聆听，耳中灌满的却都是虫声，分不清哪是蟋蟀、蚂蚱、蝈蝈……有的若大提琴，有的若竖琴，有的若风笛，仿佛一场绝妙的交响曲，此起彼伏响个不停。当时头顶上有金黄的秋月，田野里有成熟的庄稼，草棚里有醒着的我，我们都是虫们肃穆的听众。那晚我为这秋之天籁所着迷，到黎明方才睡去。

我钟情秋天的虫声，它们谱写着的大自然的音符，更能令我内心充满宁静。我品味着刘墉的这句话："秋虫声就是要这样聆听，在那细小的音韵中感触，即使到了极晚秋，只要以心灵触动，仍然可以感受到那微微的音响。"通常在这样的细小音韵中，一杯滚烫的热茶，一本心仪的书，窗前的灯影里，我在阅读，窗外的草丛里，秋虫们在吟唱。它们的话语和我心灵的声音汇合，那是无比美妙的体验。

最美修辞：

运用比喻的修辞手法，将田野中的各类虫声，比作大提琴、竖琴、风笛的声音，生动地描绘出虫声的悦耳动听。

高格美句：

近乎白描的语言，将文章的核心描摹对象熔于一炉，勾勒出一幅清秋虫吟夜读图，营造出一片宁静自然的氛围。篇末平和的文字风格，也为文章留下供人回味的淡远余韵。

流逝的古典

黄 晖

●标题赏味：

"流逝"二字，不着痕迹地赋予"古典"以时间的特征，是一种暗喻的手法，同时，还传达出一种往昔不再的伤感与惋惜。

最美修辞：

运用比喻的修辞手法，将白蒙蒙的雾霭比作牛乳，将苇丛比作涉水而来的女子。清丽的文辞，复现了《蒹葭》所描摹的典雅静美的水边之景，通过对诗境的想象性虚写，突显出"古典"之美的魅力。

那天下午，我去听一位老教授的课，他讲的是《诗经·蒹葭》。午后的阳光从窗户跑进来爬在他那苍苍白发和陶醉的脸上，听着他温暖地读着那些渐行渐远的诗句时，我突然有一种很静谧、很幸福的感觉。

夜里，月色和清风悄悄穿过窗帘，我从高高的书架上找出了那本遗忘多年的《诗经》。线装的书页泛着远古的光芒，是那种随着光阴流逝，越来越朴实的金色。在幽幽浮动的墨香里，我再一次看到了"蒹葭苍苍""白露未晞"。我看见远古时代的一个芦塘，清晨，纤纤芦苇被牛乳般流动如烟的雾霭轻柔地包裹着。晨曦中，浅绿的墨绿的苇丛倩影婆娑，亭亭玉立，如衣香鬓飞的女子涉水而来。怀念这一种意境：我不想把这说成是一种诗情，而情愿把它归为一种古典。"古典"一词本身就很静态，很内敛，很纯粹，有一种淑静、典雅的感觉，令我们咀嚼、玩味不够。

我读到《关雎》，读到《桃夭》，读到"青青之麦，生于陵坡"，读到"昔我往矣，杨柳依依；今我来思，雨雪霏霏"，读到"昔年移柳，依依江南，今看摇落，凄怆江潭"。我想到为什么，这些很远古的文字，如今读来，依然淙淙如诉，让人可感可悟。真如澹澹的渌水，我们的心田仿佛千万年来一直是它青青的河床。

想到了《古诗十九首》，这些不知作者姓名和年代，突兀而起复又戛然而止的谜一般的诗歌群落。为什么就连李白这样的大诗人也为之佩服得五体投地？怎会洋洋洒洒醉酒般地写下整卷《古风》？我想，这就是古典的魅力吧。它们以其天衣无缝、水乳交融的艺术境界，言近旨远、语短情长的艺术魅力震撼、陶冶着无数的后人！

　　注视着这些古典书籍，抚摸着它们厚实的脊梁，我能感受到它们所蕴含的时代精髓和撑起的时代魄力。而它们又是那样宁静，我不敢想象没有《诗经》《楚辞》的时代叫什么先秦，没有唐诗宋词的时代算什么唐宋，没有小说的明清是什么样的明清。这些源自第一张植物纤维构筑的纸片的灵感，在十百年漫长的时光中，抚慰着人类的精神与灵魂，牵引着人类穿越长长的时光隧道。一行行时长时短的句子，一页页时近时远的思绪，那么质朴、厚重，它们牵着我走向文字的源头。这些久远的古典文字的确"旧"了，但那字里行间所充盈的生命精神、深邃的原理、多极的内核却超越了彼时彼地，在这个世界夜深人静的时刻渐入我们的心灵、血脉，在我们的血管里流淌……

　　我相信那些古典的文字肯定来自于平凡的生活，源于简洁、沉静的心灵。古人在最为平凡的采摘、狩猎、耕种之余，偶有所见所感，自自然然，随口吟出了"蒹葭苍苍""渌水澹澹"这些精纯得像墨金一样的文字。汽车、电脑离他们很远，人欲物欲离他们很远，而平凡离他们很近，诗情离他们很近，古典离他们很近。古典与古人本来就是水乳交融的一体。而我们呢？在抚摸那些《诗经》句子的时候，除了对美的巨大感动，内心更有一份莫名的冰凉和疼痛：那自然史上最纯真的童年风景、生命与自然最相爱和谐的"蜜月之岁"似乎已经渐行渐远了！阅读竟成了永远的怀念！

　　怀念古典，这是一份超越时空的契约。我的心灵深处永远会留下一个宽敞、透亮的空间，让飘溢着灵性、充盈着生命精神的古典诗情灿然长流。

高格美句：

　　将传统的古典诗文，统称为"源自第一张植物纤维构筑的纸片的灵感"，以一个巧妙的暗喻，道出了文学与灵感的联系，形象而贴切。千百年来的古典文学串起人类的历史，而千百年来相应的"灵感"累积，便可抚慰人类的灵魂，极言"古典"的独特魅力。

柴禾

/刘亮程

　　我们搬离黄沙梁时，那垛烧剩下一半的梭梭柴，也几乎一根不留地装上车，拉到了元兴宫村。元兴宫离煤矿很近，取暖做饭都烧煤，那些柴禾因此留了下来。

　　柴垛是家力的象征。有一大垛柴禾的人家，必定有一头壮牲口、一辆好车、一根又粗又长的刹车绳，当然，还有几个能干的人，这些好东西凑巧放在一起了就能成大事、出大景象。可是，这些好东西又很难全凑在一起。有的人家有一头壮牛，车却破破烂烂，经常坏在远路上，满车的东西扔掉，让牛拉着空车逛荡回来。有的人家正好相反，置了辆新车，能装几千斤东西，牛却体弱得不行，拉半车干柴都打摆子。还有的人家，车、马都配地道了，刹车绳也是新的，人却不行了——死了，或者老得干不动活了。

　　我们刚到父亲的住处时，家里的牛、车还算齐备，只是牛稍老了些。柴垛虽不高，柴禾底子却很厚，有大排场。不像一般人家的柴禾，小小气气的一堆，都不敢叫柴垛。先是后父带我们进沙漠拉柴，接着大哥单独赶车进沙漠拉柴，接着是我、三弟，等到四弟能单独进沙漠拉柴时，我们已另买了头黑母牛，车轱辘也换成新的，柴垛更是没有哪家可比，全是梭

梭柴，大棵的，码得跟房一样高，劈一根柴就能烧半天。

现在，我们再不会烧这些柴禾了。我们把它们当没用的东西乱扔在院子里，却又舍不得送人或扔掉。我们想，或许哪一天没有煤了，没有暖气了，还要靠它烧饭取暖。只是到了那时我们已不懂得怎样烧它。劈柴的那把斧头几经搬家已不见踪影，家里已没有可以烧柴禾的炉子。即便这样我们也没扔掉那些柴禾，再搬一次家还会带上它们，它们是家的一部分。那个墙根就应该码着柴禾，那个院角垛着草，中间停着车，柱子上拴着牛和驴。一个完整的家院就应该是这样的。许多个冬天，那些柴禾埋在深雪里，尽管从没人去动它们。但我们知道那堆雪中埋着柴禾，我们在心里需要它们，它们让我们放心地度过一个个寒冬。

那堆梭梭柴就这样在院墙根待了20年，没有谁去管过它们。有一年扩菜地，往墙角移过一次，比以前轻多了，扔过去便断成几截子，颜色也由原来的铁青变成灰黑。另一年一棵葫芦秧爬到柴堆上，肥大的叶子几乎把柴禾全遮盖住，那该是它们最凉爽的一个夏季了，秋天我们为摘一棵大葫芦走到这个墙角，葫芦卡在横七竖八的柴堆中，搬移柴禾时我又一次感觉到它们腐朽的程度，除此之外似乎再没有人动过。在那个墙角里它们独自过了许多年，静悄悄地自己朽掉了。

最后，它们变成一堆灰时，我可以说，我们没有烧它们，它们自己变成这样的。我们一直看着它们变成了这样，从第一滴雨落到它们身上、第一层青皮在风中开裂我们就看见了。它们根部的茬头朽掉，像土一样脱落在地时我们看见了。深处的木质开始发黑时我们看见了，全都看见了。

当我死的时候，人们一样可以坦然地说，他是自

高格美句：

复句排比的形式，刻画出那堆梭梭柴由"柴"到"灰"，慢慢朽掉的变化过程，每一句"我们看见"，都表现出柴禾的进一步朽化，让人感到一种强大的威迫力和一种生命的无力感。排比的句式，增强了文字的力度和文章的表现力。

己死掉的。墙说，我们只为他挡风御寒，从没堵他的路。坑说，我没陷害他，每次他都绕过去。风说，他的背不是我刮弯的，他的脸不是我吹旧的，眼睛不是我吹瞎的。雨说，我只淋湿他的头发和衣服，他的心是干燥的，雨下不到他心里。土说，我们埋不住这个人，梦中他飞得比所有尘土都高。

可是，我不会说。没谁听见一个死掉的人怎么说。

最美修辞：

以拟人化的修辞手法，将墙、坑、风、雨、土赋予人的语言与思想，以它们的话语内容，暗喻人一生将会遇到的苦难，同时以复句排比的形式，勾画出人渐渐衰朽的过程。多种修辞的结合，生动而又有力地描摹出人缓缓走向死亡的过程，质朴的言语，却给人以强烈的震撼。

杏花春雨江南
王清铭

　　看过徐悲鸿先生的自题联"白马秋风塞上，杏花春雨江南"，印象特别深刻，每个人都有侠骨柔情的一面，骑白马驰骋在秋风萧瑟的辽阔塞上，马蹄嗒嗒，强劲的风刮动鬈髯一般的头发，心头的豪情也随之猎猎作响。突然马一声长嘶，一个阳刚的形象镌刻在后人瞩望的视野。

　　画家吴冠中先生把这一句改为"骏马秋风冀北"，意境相似，后一句则完整保留。画家李可染更是以"杏花春雨江南"为题，画了一幅水墨画。在很多人的心中，江南是故乡，是心灵的家园，也是感情的寄托。台湾作家余光中先生在《听听那冷雨》中就这样写道："杏花、春雨、江南。六个方块字，或许那片土就在那里面。而无论赤县也好神州也好中国也好，变来变去，只要仓颉的灵感不灭，美丽的中文不老，那形象，那磁石一般的向心力当必然长在。"

　　江南是一种时光无法磨灭的诗意，一种藏在心灵角落的柔情，是长期缠绕在思念之中的情结。我很有兴趣地查阅了"杏花春雨江南"的出处，它最早出现在元代诗人虞集的《风入松·寄柯敬仲》中，画家柯敬仲要回江南，虞集写词相送："报道先生归也，杏花春雨江南。"词翰兼美，一时争相传刻，传遍海内。特别是结拍处"杏花春雨江南"，入画入书或入

印，还被人织成锦帕，为时所贵。由此可见，这句词曾引发了无数人的共鸣。

如果再往前到宋代，写杏花和江南雨的诗词非常多。陈与义写的"客子光阴诗卷里，杏花消息雨声中"曾经得到宋高宗的激赏。诗人客居他乡，在诗歌的平仄中消磨时光，在淅沥的雨声中，杏花突然开放了，粉红腮颊，仿佛想念中伊人的脸庞，那押了韵的思念被雨声一遍又一遍地洗濯，诗人的心中布满了水意，那场春雨来自心头，仿佛就在他的眼眶里下着。

江南是美丽的，"沾衣欲湿杏花雨，吹面不寒杨柳风"；江南又是忧伤的，"小楼一夜听春雨，深巷明朝卖杏花"。或许是因美丽而忧伤，或是因忧伤而美丽。如果再往前到唐代，我们会遇上落魄的杜牧，沿着牧童手的指向，我们会在细雨霏霏的杏花村，端起盛满感伤的酒杯，与他隔着一千多年碰响这水底的火焰。

我很奇怪，杏花开放带来的是热闹的春意，宋祁就写过"红杏枝头春意闹"，但我们想到江南就想到柔情的雨，想到春雨就想到了在雨中开放和飘零的杏花。或许杏花春雨江南是一个缠绵的梦境，或是一种难以愈合的伤痛。或许，人生多苦难，生命的本质就是忧伤的，在我们远离故乡，或者感觉光阴悄然远逝，我们的心头就有杏花开放，就有江南雨犹如唐诗宋词一样，在我们梦的边缘平平仄仄地滴落，淋湿了我们押韵的心情。

生命不可缺少诗意。我们也不难明白，春节晚会上那个《小城雨巷》的舞蹈为什么会引起那么多现代人的情感共鸣。人们并不是真的要"撑着油纸伞，独自彷徨在悠长、悠长又寂寥的雨巷"，去寻找"一个丁香一样地结着愁怨的姑娘"。

这样的诗意和浪漫在现代生活中早已消逝，但并没有隔断现代人的向往。人们是怀旧的，也向往过上一种诗意的生活，这是日渐丰富的物质生活所无法弥补的心灵空缺。人们对杏花春雨江南的向往和怀恋，也是同样的情愫。

余光中先生说："无论工业如何发达，一时似乎还废不了雨伞。只要雨不倾盆，风不横吹，撑一把伞在雨中仍不失古典的韵味。"在杏花春雨的江南，也许我们不需要一把油纸伞，嗅着杏花的幽香，走在江南的雨里，被雨淋湿，也不失一种幸福。

● 标题赏味：

文题运用了拟人的修辞，赋予"墙""说话"的动作，生动而颇具亲切感。"墙"和"裂缝"是一对矛盾体，"墙"的功能在于保守秘密，而"裂缝"的功能在于泄露秘密，这本身就给人以奇异之感，激发读者的阅读兴趣。

一堵墙
用裂缝说话

帕蒂古丽

村庄里的墙，被和泥巴打土块、打夯盖房子的人砌进很多秘密，这样的一堵墙，吞进了多少村庄的沙土，就会吐露多少村庄的信息。

经年的墙慢慢开裂，透光透风，会顺便把一些东西悄悄透露出去，多数秘密都漏到屋后的河坝里，或者被风吹进墙背后的羊圈里。羊圈一般都是土打墙，也没有用泥抹过墙面，风吹雨淋，年辰久了四处漏风，连小羊都能漏出去，根本关不住秘密。

烟火的气息钻进屋顶芦苇的管子里，一根根芦苇都被熏成了烟鬼，夜里能听见它呼噜呼噜地吸气，芦苇里灌满河坝的秘密，被烟气熏烤成另一种成色，像父亲被莫合烟熏烤的手指，焦黄灰黑。飞絮带着芦苇的秘密，在半空里飞来飞去，飞过棉花地、玉米地，女人和男人秘密的对话，随飞絮被吸入，掩藏在屋顶芦苇的缝隙里。

房子和羊圈里，都是人和羊的秘密。羊圈里的羊把古丽和大头脱衣服脱裤子的事，偷偷说给墙听，他们黑暗里的喘息，被裂缝传出去，隔墙的单身汉子偷听了去，传给村庄里的风，风在墙上开出一个洞，在洞里装了耳朵和眼睛，秘密被呻吟掏空后，又被风言

风语灌满。

父亲不断地和泥，隔段时间，墙就要重新糊上一次。不多几日，太阳烈一些，裂缝就会重新显现。他用沙土和稻草、麦草和泥巴，想让墙泥变得牢固一些。那些钻进土块的缝隙，被泥密实地糊住透不过气的，都是些经年的隐秘，密不透风，比如古丽一天天大起来的肚子，到底是谁干的好事。

裂缝的危险来自墙里，墙皮上显示的只是一种表象。父亲只看到墙皮，他似乎否认是墙里面出了问题。沉默的墙，只有靠裂缝说话。墙要说话的时候，就咧出一个口子。裂缝成了墙唯一的表达，把危险和恐惧展示给人。看惯了到处是裂缝的房子，就会觉得，一面太完整的墙，像一个哑巴。

四处漏风的墙，看着多嘴多舌，却比没有窗户和裂缝的外间屋子安全。外间屋子只有一扇门，黑漆漆的四堵墙，屋顶开了个天窗，露着一线天光。冷天里天窗堵着，热天天窗是一张朝天的嘴，偶尔燕子看见人没有留门，像黑色的叶子从天飘入，让天窗的白扑棱棱一阵黑，除此以外，天窗从早到晚像个朝天的喇叭，又空又圆又大，仿佛这张嘴说话，不是说给人间的，没一句能着地，风一卷就上了天，谁听没听见，天窗也不在意。

父亲说，一面再完整的土墙，早晚都是要开口说话的。墙说话，直接采用了裂缝这个形式。墙的话不从门窗走，它要说它自己的话，自己的话就要从肚子里、胃里、心窝子里掏出来，墙急着挤出几句话，声音一大，嗓子就挤破了，墙面上就咧出一条条缝，先开始细细的，墙的话越说越多，嗓门越来越大，缝就越咧越开，最后裂开的口子都合不拢了。

这个时候，父亲又开始和泥巴糊墙。父亲发现泥稀了不行，抹不住口子，泥稠了也不行，太重黏不

将墙拟人化，赋予它人一般说话的欲望，裂缝便被比作它的嘴巴。其中墙、裂缝、说话都具有自身的象征意义：有裂缝的墙好比有自由意志、自我思想的人，它不愿受着种种束缚而被粉饰为一面完整的墙，它想要表达自己的思想观点，因而令自身遍布了可以言说表达的"裂缝"。

山水清瞳

39

住墙，不一会儿就脱落下来。父亲只好往泥巴里面添水，加稻草和麦秆，泥巴就有了韧劲，稻草和麦秆横竖交错在墙上，把裂缝捆住，它们用经纬交错的细小纤维绑架了整个墙面，让裂缝像一个秘密一样，消失在墙里。

我知道那是暂时的。父亲在墙的嘴里塞满了泥土、沙子、稻草和麦秆。父亲每天堵住墙的嘴，就像邻家的古丽睡着了，父亲开玩笑用棉花堵她的呼噜。

过了几天后，他几乎忘记了墙从哪里开裂的。父亲在一面到处是裂缝的墙面前，成了一个瞎子，他欺骗了自己，墙用稻草和麦秆的掩盖，让他相信了那些裂缝是不存在的，父亲逼迫墙隐藏了裂缝和危险。我们住在稻草和麦秆交织充满裂缝的墙里，假装忘记了恐惧和危险。其实住在四处裂缝的墙里面，比住在结实的监狱里还要危险。

裂缝盘踞在墙面上，像钉子钉在木板上，仿佛这面墙就是为裂缝而生。有病的墙体承载着这些裂缝，龇牙咧嘴，破裂，抵抗，无法愈合的伤痕，不完整和疼痛，仿佛不是裂缝的，而是整面墙的。父亲明明知道墙的开裂是从里面开始的，不知道为什么，他总是用泥巴墁住表皮。

墙基因为裂缝而变得动摇，墙像老人松动的牙齿，显出老态，墙缝开始漏土，开出窟窿，先是蛇钻进来，接着老鼠、耗子窜进来，猫钻进钻出，窟窿越刨越大，鸡和狗干脆在墙角做了窝。

墙体似乎变得越来越沉，硬生生地撑着压下来的肥胖的墙肚子，墙鼓胀着，变得矮胖、水肿，混合着稻草和麦秸的泥巴糊得再多也无济于事。父亲在窟窿里添泥沙和碎土块，修补后的窟窿不是实打实夯出来的，没有劲道，鸡和狗一刨就开了。

冬天那些窟窿里塞满了冰雪，屋子怎么也烧不热，西伯利亚刮过来的寒风彻骨，裹挟着冰雹打破墙的沉默，从屋子的各个方向进来，袭击我们，裂缝和窟窿用冷酷的叫嚣威胁我们，我们一家人在一个又一个长长的严冬里，感觉住在一条又一条裂缝里打哆嗦。

那年父亲离开后，我们再也忍受不了漫漫寒冬里，墙上那些窟窿和裂缝，老房子废弃，檩子和椽子被邻居家抽走，四堵墙坍塌。缝补过墙的裂缝的稻草、麦秸秆，软塌塌地萎弃在地，房顶的芦苇戳在地上，直指着天空说话。自由了的墙，重新回到它的原貌，在雨水和雪水中，融化为泥土、沙子、稻草、麦秆……

村庄里，曾经属于我的老房子，如今已经没有墙，也不存在裂缝，只剩下一片废墟，在镜子一样明亮的阳光下摊开着，寂静无声……

高格美句：

当墙体不再为外界的规则禁锢，不再被迫接受"修补"，它便"自由"了，剥去了一切的外在的价值束缚，便能完全自主地做回原初的自己，表达自己的思想意识。然而，此时它还有一个"规则"下的形态——墙，所以文章结尾处，这层形式化的面具也被摘除，墙不再存在，化成组成墙的各种物质，成为了"废墟"，却是象征着找到真正的自我。

最美修辞：

　将两棵树比喻为少年和少女，又以拟人的手法，赋予两棵树以人的恋爱行为，为后文记述由两棵树制成的两把琴的悲剧，埋下伏笔。

双琴祭

梁晓声

　那两棵树，是生长极慢的树，其材最适合做琴。那位老制琴师呢，他的经验是，一棵那样的树，只能锯取一段，做成一把音质优良的小提琴。所以他打算用那两棵树同时做两把小提琴，使它们在音质上不分轩轾。

　琴取于材，材取于树。

　老制琴师当年亲手栽下的两株小树苗，在十余载里，不但增加着年轮，也像少年和少女渐渐长成健壮的青年和标致的女郎一样，深深地相爱了。它们彼此欣赏，彼此赞美，永不厌倦地诉说着缠绵的情话。

　但是，琴还没做，老制琴师却病倒了。

　他临终前对儿子说："我一直想要制成两把音质同样优良的小提琴。我想做的事是做不到了，你一定要替我做到……"

　后来，他的儿子伐倒那两棵树，锯取了它们各自最好的一段，制成了两把音质同样一流的小提琴。他把琴送到了琴店，郑重地交代："如果有谁在这两把琴中反复比较、挑选，那么无论他最终选择了哪一把，都不卖给他。如果有人说它们是同样好的琴，那么可以将两把琴都送给他。如果是两个人，那么一人一把。"

　有一天，琴店来了两位父亲，带着两名少年。两

位父亲是好友，他们是陪儿子来选琴的。两名少年不约而同地看上了那两把小提琴，于是店主取出琴让他们试一试。

他们各拉一曲后，都说以他们的耳听来，两把琴的音质同样优良。

为了使大人们相信他们所选的不后悔，他们还毫不犹豫地交换了琴。于是他们幸运地接受了赠予。

后来，他们果然都成了"大家"，声名鹊起。无论何时何地，他们一直合奏着。

世人欣赏并赞美他们的合奏，但世人的心理是古怪的。

不久，就有了他们之间孰高孰低的种种说法。而寂寞的传媒则一口咬住那纷纭众说，推波助澜。

最后，他们不能再合奏下去了，只能迫不得已地分开，各自独奏。但他们都是那么眷恋合奏，因为他们觉得只有合奏才能发挥出他们的演奏天赋。

比他们更眷恋合奏的是那两把小提琴。只有合奏的时候，它们才有机会相见。

但自从分开后，它们再没"见到"过对方。它们被思念折磨着，它们的琴音里开始注入了缕缕忧伤，正如苦苦相思着的情人的信上有泪痕一样。

然而两位由合奏而独奏的演奏家，心里竟渐渐地相互生出嫉恨来。

他们不知不觉就坠入了别人的"阴谋"。他们曾经的珠联璧合引起了别人的嫉恨。别人想要离间他们，想要看他们成为仇敌。

终于，他们中的一个内心崩溃了。他摔毁了他心爱的小提琴，跃下阳台，一命呜呼。

那时，另一个正在舞台上演出。他所握的小提琴的几根弦，随弓皆断。弦断之际，小提琴发出类似哀号的最后一声颤音……

山水清瞳

43

高格美句：
以琴喻人，运用拟人的修辞手法，赋予琴以人的相思和忧伤，实则反映出两位演奏家最初分离时，相互思念的忧伤心境。"泪痕"一词的选取，也暗示着最后琴与人的悲剧结局。

悲剧的发生使人心趋于冷静，对死者的同情超过了人心对其他一切的表现。有同情就有憎恨，另一个还没来得及从惊愕中悟到什么，已然懵懂地成了罪魁祸首。最后，他疯了。

他那一把琴被安了弦，又摆在琴店里了。然而，无人问津，因为它已被视为不祥之物。只要琴弓一搭在弦上，便会发出号哭一般的声音。

是的，那真是一把小提琴在号哭——在为它不幸的爱人而号哭。

槭树下的家

席慕蓉

● 标题赏味：

文题是一个不起眼的偏正短语，透着普通、平凡，而这也正是文章的核心思想，体现出作者的匠心独运。题目中的一个"家"字，却又于波澜不惊间，暗送着温馨，引发读者的联想：槭树下的家，究竟是怎样一个家？

我先是被鸟的鸣声吵醒的。

是个夏日的清晨，有几十只小鸟在我窗外的槭树上集合了，除了麻雀的吱吱声之外，还有那种小绿鸟的嘤嘤声。我认得那种声音，年年都会有一两对小绿鸟来我的树上筑巢。在那一段时间里，我每天都能听到它们那种特别细又特别娇的鸣声，听了就让我想微笑、想再听。

屋子里面还留有昨夜的阴暗和幽凉。窗帘很厚，光线不容易透进来，可是，我知道，窗户外面一定有很好的太阳，因为从鸟的鸣声里，可以听得出它们的雀跃和欢喜。

而且，孩子们也开始唱歌了，就在我的窗下。仔细分辨，唱歌的人有的是坐在矮墙上，有的是爬在树上。他们一面唱一面嬉笑，那种只有孩子们才能发出的细嫩的歌声，还有不时因为一种极单纯的快乐才能引起的咕咕咯咯的笑声，让睡在床上的我听了也不禁微笑起来。原来，早起的孩子和早起的小鸟一样，是快乐得非要唱起歌来才行的啊！

在这些声音里，我也听出了我孩子的声音，对一个母亲来说，自己孩子的声音总是特别突出、特别悦耳的。一早起来不知道有些什么事情让他们觉得那么好笑的，那样清脆和圆润的笑声，真有点像荷叶上的露珠，风吹过来时就滑来滑去，圆滚滚的、亮晶晶的，一直不肯安静下来。

最美修辞：

将孩子的笑声比作圆滚晶亮且在荷叶上滑动着的露珠，生动形象地突出了笑声活泼、清亮的特点，同时以通感的手法，将声音形象化了。

山水清瞳

45

然后，忽然间传来一声低沉的喝止：

"小声一点儿，你妈妈还在睡觉。"

那是比我起得早的丈夫出去干涉了。其实，这个时候我已经完全醒了，可是我愿意假装安静地躺在床上，享受着他给我的关怀。

我虽然知道在这世间没有持久不变的事物，虽然明白时光正在一分一秒地逐渐流失，可是，能够在这一刻，能够在这个夏天的早上清楚地感觉到自己的幸福，我恐怕是真要感谢窗外那十几棵的槭树了。

在房子刚盖好的时候就种下的这些槭树，长得可真是快，跟着四季的变化，把我们这栋原来非常普通的平房也带得漂亮起来。它们在春天时长出好多软软的叶子，绿得逼人，一簇簇的小花开得满树，在月亮底下每一小朵，每一小簇好像都会发亮。夏天时给我们整片的浓荫，风吹过来很凉快。秋来时叶子变得很黄很红，几乎所有路过的人都会忍不住摘下一两片。到冬天的时候，满树的叶子都落了，屋子里就会变得出奇的明亮，而那些小绿鸟留下的窝巢就会很醒目地在枝丫之间出现了。孩子们爬上树去拿了下来，当作宝贝一样地献给我，小小的鸟窝编织得又圆又温暖，拿在手上虽然没有一点儿重量，却能给人一份很扎实的快乐。对我来说，我的这一个槭树下的家，和它的小小窝巢也没有什么不一样啊！

这个槭树下的家，不过是一栋普普通通的平房，不过是一个普普通通的家庭，不过种了一些常见的花草树木。春去秋来，岁月不断地重复着同样的变化，而在这些极有规律的变化之中，树越长越高，我才发现，原来平凡的人生里竟然有着极丰盈的美。

性灵独抒

  山一程水一程，走过原野，路过江南，听过泉水叮咚，看过宋朝的雨……每一个地方，每一处景致，都让人有太多的感慨。好性情宛如晴天，到处流放着光亮，那些美景或许早已不在，但是人们在其中形成的情怀还如昨天，千年不变。

雨滴的闹钟

鲍尔吉·原野

雨滴耐心地穿过深秋。

雨滴从红瓦的阶梯慢慢滴下来，落在美人蕉的叶子上，流入开累了的花心里，汇成一眼泉。

雨滴跳在石板上，分身无数，为寂静留下一声"啪"。

雨滴比时钟更有耐心，尽管没发条，走步的声音比钟表的针更温柔，在屋檐下、窗台上，在被雨水冲击出水洞的青砖上留下水音的脚步声。时间在雨滴里没有表针，只有滴答。清脆的声音之间，时间被雨滴融化了一小节。被融化的时间永远不能复原，就像雨滴不能转过身回到天空。

秋天盛满繁华之后的空旷，秋天被收走的不光是庄稼和草，山瘦了，大地减肥，空中的大雁日渐稀少。

说秋天丰收，这仅仅是人的丰收，大地空旷了，像送行人散尽的车站月台。

让秋天显出空旷还由于天际辽远，飞鸟就算成万只飞过也不会拥挤。云彩在秋天明显减少，比庄稼少得还快，仿佛说，云和草木稼穑配套而来，一朵云看守一处山坡。庄稼进场，青草转黄，云也歇息去了。

你看秋空飘着些小片的云，像鱼的肋条，它们是云国的儿童。

浓云的队伍开到海的天边对峙波涛，波涛如山危立，是一座座青玉的悬崖，顷刻倒塌，复现峥嵘。

雨滴是天空最小的信使，它的信是昼夜不息的滴水之音。在人听到雨滴的单调时，其实每一声都不一样。雨滴的重量不一样，风的吹拂不一样，落地声音也不同。雨滴落在鸡冠花上，像落在金丝绒上，哑默无声。雨滴落在电线上，串成白项链，排队跳下地面。

秋雨清洗忙了一年的大地。大地奉献了自己的所有之后，没给自己留一棵庄稼。春雨是禾苗喝的水，夏雨是果实喝的水，秋雨是大地喝的水。土壤喝得很慢，所以秋雨缠绵。人困惑秋天为何下雨，这是狭隘的想法。天不光照料人，还要照料大地与河流。古人造字，最早把天写成"一"，它是广大、无法形容的一片天际，而后造出两腿迈进的"人"字。把天的意思放在"人"字肩上曰"大"，而"大"之上的无限之"一"，变成现在的"天"字。"大"在"人"与"大"之上，要管好多事。

天没仓库，不存什物或私房钱。天之所有无非是风雨雷电，是云彩，是每天都路过的客人——飞鸟。天无偏私，要风给风，要雨给雨。风转了一圈又回到空中，雨入大地江河，蒸发为云，步回天庭。这就像老百姓说的，钱啊，越花越有，像慈悲人把自己的好东西送给别人，别人回报他更好的东西。

深秋的雨，不再有青草和花的味道，也没有玉米胡子和青蛙噪鸣的气息。秋雨明净，尽管有一点儿冷。雨落进河流，河床丰满了一些。河流漂过枫叶的火焰，漂过大雁的身影。天空的大雁，脖子比人们看到的还要长，攥着脚蹼，翅膀拍打云彩，往南方飞去。河流在秋天忘记了波浪。

雨滴是透明的甲虫，从天空与屋檐爬向白露的、立秋的、寒露的大地。它们钻进大地的怀抱，一起过冬。

最美修辞：

运用通感的手法，将雨滴的声音形象化，使得听觉和视觉联系在一起，生动地描绘出雨滴落在不同的事物上，其声音的不同。

高格美句：

运用了比喻和拟人的修辞手法。将雨滴比作甲虫，以"白露的、立秋的、寒露的"模拟出时间的推移，通过甲虫的"爬"，形象地描绘出雨水贯穿秋季的形态。将雨滴人格化，"钻进大地的怀抱，一起过冬"则生动活泼地表现出冬日没有雨水。简短的话语，却是点题之句，形象生动的语言描绘出雨滴走过秋季、冬季，正将雨滴与闹钟联系起来，紧扣文题，令文章浑然一体而韵味无穷。

● 标题赏味：

荷花本属于夏季，题目却为"冬荷"，将两个本无联系的事物放在了一起。冬荷，将娇艳的荷花置于冬日冰雪中，一个"冬"字暗示着环境的严酷，一个"冬"字透露着冬荷那坚韧勇武的个性。

冬荷

李木生

我心有猛虎，而你只要一枝蔷薇

高格美句：

"冰掐灭波浪"，将"冰"拟人化，塑造出冰强悍残酷的形象。将残败的荷的花枝比喻为"荷的尸骨"，营造出诡秘阴森的气氛，开篇便为全文定下冷峻的基调。

50

冰掐灭了一湖的波浪。又冰上加雪。荷的尸骨就这样狼藉在冰雪的湖面上，肢折头断，东倒西歪，稀稀拉拉。

苍凉。落寞。好像这里从来就没有过挤挤挨挨、涨潮似的荷叶，没有过大火一样燃了一湖的荷花，也没来过那只在尖角小荷上立了近千年的蜻蜓。

湖，真的死去了吗？

但是，有一丝荷的清香，悄然潜入心肺，连强大戗人的寒气也无法将其阻断。

在这冰雪的湖上，我与冬荷相识。

红红的朝阳，在远处怯怯地开着。薄薄的雾气正在散去，远远近近的残荷便从朦胧里渐渐清晰起来。直的，弯的，拱的，垂的，是荷柄的舞蹈；灰的，黄的，黑的，褐的，是荷叶、莲蓬的存在。"出淤泥而不染，濯清涟而不妖"，宋之周敦颐曾将夏荷喻为"花之君子者也"。其实，冬荷不是更具有着君子的风骨吗？

风寒榨尽了水分算得了什么？失去了丰腴，那就裸露出庄严的筋脉迎接风雪。曾经硕大舒展的碧叶，有时会干缩成一排排瓦垄状，甚至在垄沿处散布起或大或小、有着黑色边缘的窟窿。这是被风霜雨雪反复肆虐后留下的创伤吧？乍看这带着黑色边缘的窟窿，好像这荷已经脆得很，一碰就会碎的。其实不，在这褶皱间的灰色质地里，往往还残留着浅浅的绿，抚摸它，抓它，你会立刻感到一种柔韧劲道的生命的力

量。天要起风雪，水要结成冰，这是无法回避的现实。躲避肯定是不行，逆来顺受恐怕也不行，最好的办法也许就是迎上前去。不要以为荷在冬日里零落。不是的。它是迎上前去的勇士，前仆后继时坚守阵地的勇士。

有一枚荷叶曾是那样深深地吸引了我。寒风里，它反扣在一杆斜立于冰雪之中的荷柄旁，仿佛一位持枪披甲的英雄。它那依然硕大的叶片起伏着，犹如奔腾向前的波涛。而隆起的筋脉，在太阳下骨骼一样地凸显着，更让这波涛有了山峦连绵的质感。这如波涛山峦般起伏不息的，不就是勇士容山纳川、吞吐日月的胸膛吗？瞧着它那根植于博大之上的自信与恢宏，我隐隐感到，也许那一湖的浪漫，一湖的自由，一湖的豪情与刚烈，止被这枚荷叶收藏着？

还有给我以强烈震撼的那枝冰中的莲蓬。莲柄早已没入冰雪中，莲头却执拗地伸出在冰面上，面朝着空旷的天空，十七个空了的莲房犹如十七个森然的弹洞。真是触目惊心。望着这十七个无言的黑洞，我依稀听到了呐喊与控诉。它一定有过孕子的艰难与幸福，那十七粒饱满圆润的莲子，肯定蕴含着新鲜而又芬芳的思想。不然，枯燥狰狞的严冬不会向它施以能够致以死命地寒冷。但是寒冷又能怎样？饱满的莲子早已植入湖底的泥中。没有了莲子的莲蓬，仍然勇敢而坚定地面向有着太阳、月亮与星星的明亮的天空，大睁着追求与探寻的眼睛，并让自己那十七个曾经孕育过十七粒莲子的莲房，冲破覆盖的冰雪，成为湖的自由呼吸的通道。太阳升起来了。冬日的湖上，荷的故事正没有尽头。

冬的湖上，最热的当是荷了。冰压不住它，雪也盖不住它。它总是融化了冰雪，让热的生命在这冰雪的湖面上醒目着。放眼望去，白茫茫的世界里，总有那曾经外直中空的荷柄，或挺着，或曲着，或拧着，或举着，从冰下牵紧了纹理毕现的荷叶和莲子散尽的莲蓬。融去了身上冰雪的荷，黑着或灰着，却崭新着。夏日的荷是从水中生的，"出淤泥而不染"；冬日的荷是从冰雪中生的，历垢世而弥新弥净。更有爱的宣言写在冰雪之上——干枯了也要拥抱着，共同迎受着寒风，等待冰消雪融的日子；既然灾难不可避免，那就相挨相慰着一起冻结于冰雪之上，携手承受苦难。谁能说与所爱者携手承受苦难，不是一种巨大的享受与幸福呢？热的荷，当是伟大的洁净与爱的楷模了。

最富有柔情的也就最为刚强最具力量，在这白色笼罩的湖面上，只有爱的荷在与冰雪较量。冻结与反抗，最为惊心动魄的搏斗，一定是发生在夜里。北风凄厉地嘶鸣着、撕扯着，雪的鞭子狠狠地抽打着，这时冰便阴险地一寸一寸地靠拢来。但是荷在，冰就无法完成它窒息一切的一统天下。到底有过怎样惨烈的搏杀，我们已经无从知晓。

午时的太阳下，荷的凛然与愤怒却历历在目着。

铜铸铁打般的荷柄——有的举着叶或蓬，那是荷的解放的旗帜；有的头已半冻在冰中，却还将身子拱作劲弓，要将一统的冰盖掀翻，那满布的细钉头样的刺疙瘩，似乎正隐隐漏出咯咯吱吱的响声。即使光剩下了头颅，也要与冰撕咬在一处，如眉间尺咬紧了楚王的头（鲁迅《铸剑》）。这"头颅"的四周，总是有着深刻的冰的旋涡，就记录着荷的不屈与抗争，也记录下冰的胆怯与陷落。这是怎样的头颅啊，沐浴在冬日的阳光里，于冰雪上昂着，金灿灿的，金字塔般的从容，富士山样的美丽。

冬荷知道，冰下还有藕，正布满在湖底。每一节藕上，都栖着自己生生不息的梦。梦在，来年的夏天，还能不让荷在每一朵浪花上自由地飞翔吗？

那是月华做成的荷瓣，水精做成的荷叶，渔歌做成的蜻蜓呀！整个夏天的热烈，都在这里轰轰烈烈地演绎着。

一种水样的感觉正在冬荷的筋脉里汩汩地流动。饱满，自在，清新，高洁，它甚至看见了一只翠绿的青蛙，正如意地蹲在肥嫩的荷叶上，一滴被鱼尾溅上的水珠，正在蛙的脚下滚动，而滚动的水珠上，有七彩阳光的闪烁。它还看见了花瓣纷披的粉荷，嫩黄泛绿的花托周围，是黄黄的蕊毛，花托上微突着幼小的莲籽，泪泡一样地娇嫩着。美好，就是这样的吧？还有夏荷的清香，夏荷的明朗，夏荷风中快乐的呻吟和夏荷染红了白云的欢笑，都在抚弄着冬荷梦的琴弦。

风刮着。冰封着。雪覆着。夕阳正泛着荷蕊般的嫩黄。夕阳里，醒着的冬荷，梦正酣。

蔷薇几度花

席慕蓉

● 标题赏味：

文题是一个疑问句，让人们不禁去寻找答案。虽然文章的主体是卖灶糖的老人，但是标题却是蔷薇花，增加了标题的美感。

喜欢那丛蔷薇。

与我的住处隔了二四十米远，在人家的院墙上，爬着。我把它当作大自然赠予我们的花，每每在阳台上站定，目光稍一落下，便可以饱览它了。这个时节，花开了。起先只是不眼的一两朵，躲在绿叶间，素素妆，淡淡笑。眼尖的我发现了，欢喜地叫起来，呀！蔷薇开花了。我欣赏着它的点点滴滴，日子便成了蔷薇的日子，很有希望很有盼头地朝前过着。

也顺带着打量从蔷薇花旁走过的人。有些人走得匆忙，有些人走得从容，有些人只是路过，有些人却是天天来去。

看久了，有一些人，便成了老相识。譬如那个挑糖担的老人。老人着靛青的衣，瘦小，皮肤黑，像从旧画里走出来的人。他的糖担子，也绝对像幅旧画：担子两头各置一匾子，担头上挂副旧铜锣。老人手持一棒槌，边走边敲，当当，当当当。惹得不少路人循了声音去寻，寻见了，脸上立即浮上笑容来。呀！一声惊呼，原来是卖灶糖的啊。

可不是嘛！匾子里躺着的，正是灶糖。奶黄的，像一个大大的月亮。久远了啊，它是贫穷年代的甜。那时候，挑糖担的货郎，走村串户，诱惑着孩子们，给他们带来幸福和快乐。只要一听到铜锣响，孩子们立即飞奔进家门，拿了早早备下的破烂儿出来，是些破铜烂铁、废纸旧鞋的，换得掌心一小块的灶糖。伸

最美修辞：

运用拟人手法，生动形象地表现了蔷薇花素雅且不张扬的特点。

性灵独抒

53

出舌头，小心舔，那掌上的甜，是一丝一缕把心填满的。

现在，每日午后，老人的糖担儿，都会准时从那丛蔷薇花旁经过。不少人围过去买，男的女的，老的少的，有的人买的是记忆，有的人买的是稀奇——这正宗的手工灶糖，少见了。

便养成了习惯，午饭后，我必跑到阳台上去站着，一半为的是看蔷薇，一半为的是等待老人的铜锣敲响。当当，当当当——好，来了！等待终于落了地。有时，我也会飞奔下楼，循着他的铜锣声追去，买上五块钱的灶糖，回来慢慢吃。

跟他聊天。"老头！"我这样叫他，他不生气，呵呵笑。"你不要跑那么快，我追都追不上了。"我跑过那丛蔷薇花，立定在他的糖担前，有些气喘吁吁地说。老人不紧不慢地回我："别处，也有人在等着买呢。"

祖上就是做灶糖的。这样的营生，他从十四岁做起，一做就是五十多年。他是天生的残疾——断指，两只手加起来，只有四根半手指头。却因灶糖成了亲，他的女人是因喜欢吃他做的灶糖嫁给他的。他们有个女儿，女儿不做灶糖，女儿做裁缝，女儿出嫁了。

"这灶糖啊，就快没了。"老人说，语气里倒不见得有多愁苦。

"以前怎么没见过你呢？"

"以前我在别处卖的。"

"哦，那是甜了别处的人了。"我这样一说，老人呵呵笑起来，他敲下两块灶糖给我。奶黄的月亮，缺了口。他又敲着铜锣往前去，当当，当当当。敲得人的心，蔷薇花朵般地，开了。

一日，我带了相机去拍蔷薇花。老人的糖担儿，

所谓"记忆"是指当年孩子们用破烂换灶糖的情景，是对贫穷年代的幸福快乐的回忆；所谓"稀奇"是指老头售卖的是少见的"正宗的手工灶糖"，同时也象征着逐渐消失的传统的美好东西。

刚好晃晃悠悠地过来了，我要求道："和这些花儿合个影吧。"老人一愣，笑看我，说："长这么大，除了拍身份证，还真没拍过照片呢。"他就那么挑着糖担子，站着，他的身后，满墙的花骨朵儿在欢笑。我拍好照，给他看相机屏幕上的他和蔷薇花。他看一眼，笑了。又举起手上的棒槌，当当，当当当，这样敲着，慢慢走远了。我和一墙头的蔷薇花，目送着他。我想起南朝柳恽的《咏蔷薇》来："不摇香已乱，无风花自飞。"诗里的蔷薇花，我自轻盈我自香，随性自然，不奢望，不强求。人生最好的状态，也当如此吧。

高格美句：

　　文中的"蔷薇花"起到贯穿全篇的线索作用，由花引出挑糖担的老人，篇末又借柳恽的诗句，以蔷薇花喻老人的品格，烘托老人的形象，比喻人生的最好状态，卒章显志，意蕴深刻。

性灵独抒

落叶也精彩

郑荣来

我心有猛虎，而你只要一枝蔷薇

56

日前一场不小的秋雨，打落了树上的许多黄叶，飘飘零零，构成一色景致。往年立冬一过，更是飘飘洒洒，纷飞不断。特别是那些银杏树，金黄的叶片被阵风吹落，地上如同盖上层层黄金。一阵四五级西北风刮过，树上的黄叶，几乎全部离开枝头，无一残留。大马路边的那两溜同类也是如此，都把金黄献给了大地。步调是如此一致，说走就走，毫不留恋枝头。

我住的大院里，有二三十种乔木，落叶时间都各有其序。大道两边的柿树，个性最为特别，它的叶子本属红叶类，但从不大红大紫，只是奉献些微红的颜色，更多的是黄绿相间的斑驳，把红黄让给自己的果实。那柿子也是抢尽风头，总是以自己的丰满和金黄，吸引着人们的眼球。当叶子纷纷飘落，它仍独留风姿在枝头，奉献着多彩多姿的美丽。你看那一嘟噜一嘟噜的柿子，展示着与众不同的风韵，让所有的行人都不能不顾盼乃至流连。

为数最多的槐树，显示了树多势众的气派，院里的几乎所有的大道小路，都是它的领地，地上都有它的叶片。它们的落叶，不像银杏那样同步，而是先后有序，次第而落。它不断提醒人们，及时注意增添衣

服。如同花开的时间，它们同科同属不同种，好几种槐树，总是你刚谢罢我又开，整个夏秋两季，没有间断过，仿佛时刻要人们关注它美丽的存在。它的叶子也是如此，虽不如槐花那样美丽，但那浅浅的黄色，也是一种不可多得的精彩。

树也是不可貌相。那几棵泡桐树，高大魁梧，可谓材大体粗，但落叶却早，与它的个子、块头不相称，老大没有老大的样儿。它尤其经不起打击，西北风一来，比谁都大的叶片，竟哆嗦得厉害，惊吓之声，比谁都大。甚至高叫"怕啦怕啦"，夜深人静时，制造恐怖气氛，真是没出息！我也是念及它叶阔荫大，夏天给人阴凉，对我等有过奉献，也就谅解它了。不然的话，它那叶片抽抽巴巴，不红也不黄，毫无姿色，风一吹就跌落满地，连草地都被遮盖住，给环保工人添了许多麻烦，实在不敢恭维。

垂柳却是不同。它身躯较瘦，腰细枝软，体态轻飘，仿佛弱不禁风。但它经得起雪打风吹，那年特大雪，压得柳枝垂地，它们都挺过来了。多少次大风的吹袭，好几场四五级西北风，它都满不在乎。除了松、柏、竹，就数它落叶最晚。看看金台园里水池边的垂柳就知道，它像是要站最后一班岗，大家都撤了它才撤。它真是名副其实的"早来晚走"的敬业者。当春天到来之前，寒风料峭，乍暖还寒，它最早见绿于枝头，率先透露春的消息。春风杨柳万千条，又是它营造了热闹的春意。

法国梧桐也值得一说。它在院里落户十几年，都种在很不起眼的地方，远不像它们在南京那么有地位，市中心多少条马路都是它们的地盘。我们现在才见识到，它其实是最有抗争精神者。前面所述各树都不如它，它们的叶子至今还济济一堂于树梢，少有飘落者。它们也是叶阔荫大，但比泡桐坚强得多，勇敢得多。

看京城大街上和院里的落叶，精神上丝毫没有抽缩之想。许多人都说喜欢冬天，那是因为，冬日的树木不因叶落而颓败，而是蓄势待发，准备来年更加蓬勃。

落叶，奉献了八九个月的绿色，也就完成了自己的使命，现在再以金黄谢幕，也算是一种圆满。你看它们，来时欣欣向荣，走时充满希望。所谓"冬天来了，春天还会远吗"的诗意，正是它最乐于表达的真情。树叶的一生只有大半年，它没有愧对这一生。它的一生都是为他人而活，春天以嫩绿励人朝气，夏天以浓荫给人阴凉，秋天或以颜色悦人心情，或零落给大地增添营养。它潇洒来去，可谓活得自豪而有价值。

落叶是别有风貌的景致，当红叶黄叶铺洒满地，实在是美丽至极的风景，不少人希望此种赏心悦目的金黄，能够多存留一些日子。但在我，却要感谢环保工人，及时打扫落叶，不使行人践踏，让它保留一个完整的身躯，洁净的容颜，留给人们一个完美，也给人一种哲理的思考。

最美修辞：

运用拟人和排比的修辞手法，语言准确、生动形象地写出了落叶从春到秋圆满的一生，赞美了其为大地、为人类而活的奉献精神。

高格美句：

将"落叶"之景定义为"别有风貌的景致"，照应标题的"落叶也精彩"。全文采用拟人的手法，依次描绘了不同树种各自落叶的精彩、美丽，赋予落叶人的情感，倾注了作者的热爱、赞美之情。写法上由点到面，点面结合，先细致描写，然后议论抒情，勾勒渲染，充分展现了落叶自身的美丽价值。

几生修得到梅花

李榕桦

● 标题赏味：

初看标题，是一句不通的话，然而正是这种语句的"不顺"，引发读者的兴趣与思考："几生修得到梅花"，实则是在发问几生修得到梅花的品质与风骨。此外，模拟古诗词句式，为标题平添了几分风雅与诗意。

在万紫千红的化的世界，梅花是最特立独行的一种。

江南的冬天还未过去，寒风肆虐，雪花纷飞，万木都在沉睡之中，而梅花却在这时，绽开一树树的花朵，向人们报告着春之将至的信息。她不管桃儿、杏儿们嫉妒的流言，也不贪图蜂儿、蝶儿们嗡嗡的追捧，孤傲豪迈地开在漫天飞雪中，不畏严寒，独步早春。

怒号的狂风不是不想吹灭她的火焰，漫天的大雪不是不想掩息她的娇媚，而她却在凌霜斗雪中更加灼灼有神。那纷纷扬扬从天而降的雪花，似乎成了她玉洁冰清的知音，心魂相印的伴侣。

在无锡梅园观赏过梅花，走近梅花，你会感到诗意像湖水一样漫上心头。润如凝脂的红梅，洁如瑞雪的白梅，碧光盈盈的绿梅，明艳灿灿的黄梅，构成了一个缤纷多彩的梅的世界。小小的花朵似乎不受半点儿尘埃的侵染，宛若悄然飘落凡尘的仙子，真正是冰肌玉骨。你若拿俗常的桃花、杏花和她们对照，越发显得梅花的脱俗。置身花下，你会被随之而来的清幽的芳馨环绕，使你立刻想到"暗香浮动"。梅花的香气不像梨花、水仙花那样肥硕袭人，它若有若无，清逸幽雅，它是那么婉约和内敛。观赏梅的枝干，姿态极美，有的疏影横斜，有的奇崛

最美修辞：

运用了拟人的修辞手法，写出了梅花不畏严寒，独自开放在漫天飞雪中的情态，突出梅花斗霜傲雪的品质，表达了对梅花的喜爱、仰慕和赞美之情。

性灵独抒

59

突兀，有的苍劲朴拙，有的狂放洒脱。怪不得古人说"梅以形势为第一"。

最喜欢看那棵古梅，虬曲盘错，势如游龙。铁骨嶙峋、古朴苍劲的枝头，绽放着朵朵温润率真的红梅，那种强烈的对比给你以心灵的撞击，无法用语言描述。仿佛眼前的梅花是从悠远的历史深处走来，她曾与宋代林和靖相伴相守，在西湖孤山朦胧的月色下，"疏影横斜水清浅，暗香浮动月黄昏"；她曾和画家王冕相交，是王冕笔下"不要人夸颜色好，只留清气满乾坤"的那幅墨梅的范本，在王冕精心经营的梅园里度过许多春夏秋冬。她是陆游一生痴迷的梅花，她是王维、苏轼、杨万里、范成大他们曾经反复歌咏的梅花，她是被鲁迅识为"只有梅花是知己"的那一树，她是历代有道的君子仰慕钦敬，视为修养的典范，感叹"几生修得到梅花"的那一树。

特立独行的梅花从历史深处走来，那冰肌玉骨的韵致，高标清雅的圣洁，横斜疏美的仙姿，傲岸坚贞的风骨，凌霜斗雪的意志，独步早春的气魄，铸成了华夏民族的心魂，成为了中华民族代代相袭的品格和精神。站在梅花前，无法用语言表达自己的心境，还是陆游说得好啊，"何方可化身千亿？一树梅花一放翁"。

古藤

/ 王剑冰

● 标题赏味：

以物为题，表明文章是托物言志的状物散文。标题为偏正结构的两字短语，一个"古"字，瞬间给人以沧桑孤寂之感，令文题透出幽深的思想韵味。

翻下米，腾挪上去，再翻下米，再腾挪上去，就像临产前的巨蟒，痛苦得不知如何摆放自己的身体；又似台风中的巨浪，狂躁不安地叠起万般花样。

这该是多少藤的纠缠啊！洋洋洒洒不知多少轮回。可主人说这只是一棵藤时，我吃惊了。怎么能是一棵藤呢？但它确实是一棵藤，一棵独立的藤，学名叫"白花鱼藤"，属稀有的物种。

好美的名字，有色有形，诗意盎然。这棵藤距离何仙姑家庙不远，说它沾了何仙姑的仙气，或何仙姑沾了它的仙气也未可知。

我敬慕地站立着，品读着这棵意象万千的古藤。它一定受过无尽的苦痛：风雨剥蚀过它，雷电轰击过它，战火遭历过它。它依附的大树，长大，长高，长老，直到一个夜晚轰然倒塌。那伤感的声音，把一棵古藤的后半生弄得不知所措。现在那棵树只剩下一段冒出地表的枯树桩。藤，身子一半已朽，一些枝条乱于风中。花颜月貌，要么死亡，要么活着。

无有依托就不再存有想法，就像失去娘的孩子，自己为自己估桩，自己为自己相绕，直立而起，倒下，再直立。藤留下坚毅、痛苦、挣扎的过程。1300年风霜雨雪，把它变成根，变成树，变成精。

藤，木热典范、水土的凝铸、生命的阐述，像不羁的狂草，有重笔的轻染，有淋漓的汁点。

最美修辞：

运用比喻的修辞手法，富于动感地描画出古藤弯曲的形象，将古藤比作临产前的巨蟒和台风中的巨浪，通过富有力度的语言，衬托出古藤顽强坚毅的不屈个性。

性灵独抒

61

高格美句：

运用了排比和比喻的修辞手法。排比形式工整，感情强烈，层层深入地赞颂了古藤是木的范例，凝聚了天地间水土的精华，阐释了生命的内涵。比喻生动、形象，讴歌了古藤生命的顽强与不屈，表达了作者对古藤的敬仰和赞美之情。

因此也就想到，一位90岁高龄的书法家出席一个会议，有人上前搀扶说，您老气色不错啊。老人说，色没有了，气还有。而看这藤，乃真气色。据悉，藤依然6月开花如瑞雪，而后还结果，花开季节，芬芳遍地，香气袭人。那该是多么迷人的意境啊！

人其实同藤一样，从一点点爬起，活得不知有多艰难。要依靠亲人，依靠师长，依靠领导，依靠社会。要学着做人，学着生活，学着应付，学着面对。

过渡段。在结构上承上启下，内容上由藤及人，揭示了古藤的寓意。

见过一些社会底层的老人，这些人多是农家人，田间里辛劳一生，慢慢地累弯了腰，在墙角路边聊度余生，那腰也就更像一棵藤。我还在医院里看到一个老态女子，弯了的腰使头几乎垂于地面，走路时双手撑在脚上，脚挪手也挪，身子像只甲壳虫。进了产房，你几乎忽略了她是一个女人，可她确确实实地生出了一个孩子，成为一位母亲，那是个大胖小子呢。这个枯藤一般瘦弱的女人，总是弯曲着身子，幸福地搂着她的白胖的儿子，那是她身上滋长出的嫩芽，是她生命的又一次接续。她不需要谁的同情与搀扶，她诠释了一个生命。

我们试图找到白花鱼藤的起点与终点。很多的人绕来绕去，终不得结论。它没有根吗？没有头吗？也许真的就找不到答案了，它不再靠根活着，不再靠头伸展，只要生命在体内一息尚存，就以藤的个性，滋生、蔓延、上升、翻腾。很多人开始同这棵藤照相合影，但总是找不到合适的角度，它真不同于一棵树、一束花。有的干脆坐在了它弯曲的躯干上，于是又有一些人坐着或趴上去，我真担心它那枯老的身子会突然颓毁。但藤承受住了，为了我们的某种满足。

我们热热闹闹地走后，它还将留在那里，守着它的岁月，守着它的孤独。当然也守着倔强的形象，被人凝注，被人思索，被人景仰。

豌豆

储劲松

● 标题赏味：

　　文章以平日常见的蔬菜——"豌豆"为题，极富有生活气息，将全文的核心思想悉数浓缩于小小的物象之上，微言大义。

　　豌豆初生如碧玉刀，长大了像手枪弹夹。这段抗战神剧看多了，瞅什么都有兵气，以致长恨年齿渐老，假若国有外战，我已扛不动刀枪，不能浴血疆场奋勇杀敌，只能在后方摇摇笔杆子擂擂战鼓了。我年少时做过很长一段时间的英雄梦，梦想着有朝一日上马击狂虏，下马草露布，保家卫国。时间是一把无影剑，许多梦都被砍得面目全非。

　　母亲这几日每天中午做豌豆饭，豌豆米、糯米、腊肉丁与盐同焖，饭白，肉黄，豆绿，看起来美艳若大唐宫妆，吃起来更是满嘴柔软鲜香。依旧是从前的颜色和滋味，一家子围着小方桌，吃得心满意足。母亲是个实诚人，她做的饭菜从刀工到火候再到味道，几十年来从不曾有过丝毫改变，她也从未想过要改变什么。挺好的，世事如棋局，变幻莫测，不变的事物总是叫人惦记。顺便说一句：豌豆饭的锅巴，用灶火的余温烤到焦黄，是天底下最好吃的锅巴。

　　乡人叫豌豆为安豆，从前我以为是方言，后来才知道是一物二名。都是好名字，豌豆听来温婉，让人想到翡翠；安豆听来心安，让人想到母亲。豌豆还有好几个别名，雪豆、毕豆、寒豆、冷豆、麦豆、麦豌豆，等等，连起来叫，像旧时乡间大户人家的母亲早晨喊一群儿女起床。名字固然乡气，不过叫人踏实。还有一种软荚豌豆，一张青皮里面的豆粒永远长不

最美修辞：

　　运用比喻的修辞手法，将豌豆饭比作大唐宫妆，极言豌豆饭颜色丰富明丽，可口诱人。

性灵独抒

63

大，据说是荷兰人带到中国的，所以叫荷兰豆，以前只在上档次的饭店里见到，算是稀罕菜，这几年吾乡也开始零星种植了，母亲也在菜园里种了一小块地。油爆荷兰豆，清香甜脆，味道甚佳，只是我每次吃的时候，总有暴殄天物的感觉，古怪地联想到婴儿。

母亲当然也用嫩豌豆做汤，阔面大白瓷盆里，几百颗绿珠子安静地潜伏，蛋花荡漾，葱花浮动，我以为隐隐有风云之气。呼哧呼哧倒进肚子里，自我感觉满腹锦绣。仿一句古人的诗：日啖豌豆三百颗，不辞长做闾阎人。

以上文字是去年春天写的，写到这里文思枯涩，半途而废了。以前写文章，常有率尔操觚有头无尾的半成品，无一不被我无情地删除了，这半篇不知何故竟然苟活下来，或许是舍不得吧。前些天在一位同事的聊天工具签名上看见这么一句话："小女儿说，这个房子里住着四颗豌豆。"儿童稚语，真是极好，于是想起我的这半颗豌豆，翻出来接着写。

即使在冬季，哪怕是路边的小饭馆，也有保鲜豌豆可吃，豌豆肉丁、火腿肠炒豌豆、豌豆鸡蛋汤之类，无法下箸，皱着眉头捡几颗，嚼两口仍不免要吐出来。其味直如塑料，直如名妓老了改行当老鸨，豌豆的美好味道与风神是一息不存了。不免怀念春天。

我年少时在外读书的那几年，父亲在大田里种了好些豌豆，到菜市场去换一些钱供我吃穿学用。每年寒假正是点豆季节，我或者在家帮父亲种菜，或者去农贸市场协助母亲卖菜，农家的孩子念点儿书自古不易。父亲种菜是很用心的，比我在纸上种字要精心得多，豌豆又极娇贵，不像青菜萝卜可以粗放些。从幼苗开始，父亲就砍水竹搭架子，然后把豌豆藤一根根往架子上引，到第二年春暖花开，豌豆开花结荚，一眼望过去，一大片天然的翠色是很养眼的。豌豆上市

时节，父母每天清早四五点就下田摘豌豆，赶到县城的菜市场占了摊位开秤时，豌豆上的白露未晞。父亲那些年每个月总要给我写一两封信，详细述说家里的农事及其他，一是与我交流他内心的所思所想，他的一生其实都是寂寞的，一是告诉我稼事辛劳，人不能忘本，其中就有两三封写到种豌豆、摘豌豆、卖豌豆的。那些信的末尾大都是："某年某月某日凌晨一点于西厢房，父笔。"他自己在年历记事栏里，则记下每日采摘豌豆若干斤得钱若干元。想起20多年前的往事，我是要感谢豌豆的。

　　这些年，乡村改变的速度超过了乡人的想象。修公路，建高速，盖新房，搭厂房，田地之上长满了钢筋水泥这种怪异的植物，剩下的也大多抛荒了，每次望见，心就像被人揪着，忍不住要作杞人忧。转念一想，一个乡村和土地最早的叛离者，又有什么资格矫情如此呢。只有老父老母还在坚持着春耕夏耘，像最后的麦田守望者。昨天我去离家两里外的菜园子，看见一大片豌豆苗蹲在泥土上，静如处子，储蓄着生长的力量，它们让我感到妥帖。而人间诸多事，实在是轻飘如梦境。

高格美句：
　　将土中豌豆静若处子之态，与人间诸事轻飘若梦之态进行对比，与前文"世事如棋局，变幻莫测，不变的事物总是叫人惦记"形成呼应，点明文章主旨：现代生存空间的生活，虽然丰富多彩，却总给人以梦幻般的不实之感；传统生存空间中的生活，虽具有落后、停滞的缺点，但也因其蓄积着"生长的力量"即蓄积着强大的生命力，常能令人感到心安与眷恋。

宋朝的雨

陈富强

雨中的西湖要比平日耐看一些。

雨夜中的西湖除了耐看，则更多了一层须用心体验的味道。这个时候，你需要撑一把雨伞，去堤上走走。白堤热闹一些，与唐朝的鼎盛相吻合，而苏堤要幽静得多，甚至稍稍有些冷寂。

我建议你去苏堤。

雨在一切无遮无拦的去处跳着欢快的舞蹈。伞是丝绸做成的，你为自己撑开一片无雨的天空，而一个遥远的背景，正渐渐向你推近，撑着绸伞的你便和雨帘里淡淡的灯光一起变成这个背景的过客。宋朝正悄悄向你走来。你跨过第一座拱桥，你就走进了宋朝的雨里。

呈现在你眼前的是1090年仲春的苏堤，犹如一条绿色的飘带，堤桥相接，横卧湖上，南端系住南屏，北端挽起栖霞岭。柳丝舒展婀娜的身姿，翩翩起舞。一堤的翠绿烟似的漫洇开来，细细看去，绿雾似的堤上桃花盛开了，不耐寂寞的是枝头的黄鹂。

你与苏东坡在堤上相遇了。刚刚完成长堤修筑的苏太守，心情正佳，他临风而立，面对烟水淼淼，诗情满溢，一首千古绝唱脱口而出："水光潋滟晴方好，山色空濛雨亦奇。欲把西湖比西子，淡妆浓抹总相宜。"这是苏太守为后人留下的文化遗产，它的价值不亚于苏堤春晓。

苏东坡决意整治西湖的念头始于1071年。这一年他第一次来到杭州，官至通判。他在巡视西湖时，看到葑草已淤塞了西湖的十之二三，他虽有心治理，但通判的官位尚无决策权，欲有作为而无作为，苏通判满腔抱负都化作了天才的诗意。倘若苏东坡仕途顺利，而不是屡遭贬谪，一路坎坷，他流芳百世的名篇佳作大约要大打折扣了。

机会终于在时隔18年后降临到苏东坡身上。1089年，苏东坡再次赴任杭州，任知州。到任的次日，苏东坡重游了西湖，面对的西湖湖面已有一半成了葑田，忧虑之情油然而生。回到府上，他挥笔写下了"葑合平湖久芜漫，人经丰岁尚调疏"的感叹。叹毕，苏东坡组织人力调查踏勘。于次年4月，向当朝皇帝哲宗呈了《杭州乞度牒开西湖状》的奏议，开篇就说："杭州之有西湖，如人之有眉目，盖不可废也。"且预言："水浅葑横，如云翳空，倏忽便满，更二十年，无西湖矣。使杭州而无西湖，如人去其眉目，岂复为人乎!"苏东坡在上书中还从养鱼、饮水、灌溉、助航、酿酒方面列举了西湖不可荒废的五条理由。其中讲道：城中饮水来自湖水，如果西湖都变成葑田，则举城饮水断源；城中运河赖西湖挹注，若湖水不足，必取借钱塘江之水，而江潮多沙，河道淤塞，数年淘河一次，官吏借此欺民，为民大患；杭州产名酒，每年酒税为全国第一，如果西湖浅涸，酿酒必大受影响。

苏东坡的这篇奏议，时隔900年再来分析，依旧充满一位政治家的深谋远虑。我们现在看到的也许只是一条如诗如画的长堤，当年的苏东坡却从民生大计出发，改变了西湖的命运。而挖葑泥筑堤是他疏浚西湖最精彩的一笔。苏东坡的弟弟苏辙在《亡兄子瞻端明墓志铭》里记载了苏东坡天才的构想："今欲去葑田，葑田如云，将安所置之？湖南北三十里，环湖往来，终日不达。若取葑田积之湖中为长堤，以通南北，则葑田除而行者便矣。"

经过从夏到秋的努力，一条长堤破湖而出，夹道杂植芙蓉、杨柳，中为六桥九亭。这时的长堤尚无名，直到后继知州林希遵循杭人意愿，才将其命名为苏公堤，并为东坡立祠堤上。渐渐地，苏堤成为"堤桥成市，歌舞丛之，走马游船，达旦不息"的湖上繁华之地。

苏东坡在堤上消失了，雨依然在密密地下，你用无比敬慕的目光送别苏东坡，独步缓行。此时你已知道苏东坡将离开杭州，他在知州任上只有两年，却为杭州留下了如此宏大的手笔。

有史以来与西湖相关的，你知道能与苏东坡与苏堤媲美的，是唐朝的白居易和白堤。白堤在先，苏堤在后，他们都是一代文豪，他们都懂得珍惜文化的大自然。他们在杭州的时间都十分短暂，却留下了一世英名。

你在堤上流连。倘若你回头望望，你会发现，随着南宋的到来，苏堤的北端将耸立起一座庄严的庙宇，红墙重檐，松树翠柏掩映一代名将岳飞。你惊喜地看到，一个宋朝，一南一北、一文一武与这条长堤如此紧密地联系在一起，他们都是人杰，他们的智慧和生命化作绵绵不绝的雨丝，滋润着堤上的绿树红花。

你撑开一把丝绸做的雨伞，走在伞下回想从前，雨在你的头上喧哗，陪伴着你走近苏东坡的雕像。先生沐雨而立，一站就是千年。

听泉

东山魁夷

● 标题赏味:

文题为动宾结构的短语,简单的两个字,却给人以宁静淡泊之感,极富诗意。

鸟儿飞过旷野。一批又一批,成群的鸟儿接连不断地飞了过去。有时候四五只联翩飞翔,有时候排成一字长蛇阵。看,多么壮阔的鸟群啊!

鸟儿鸣叫着,它们和睦相处,互相激励;有时又彼此憎恶,格斗、伤残。有的鸟儿因疾病、疲惫或衰老而失掉队伍。

今天,鸟群又飞过旷野。它们时而飞过碧绿的田原,看到小河在太阳照耀下流泻;时而飞过丛林,窥见鲜红的果实在树荫下闪烁。

想从前,这样的地方有的是。可如今,到处都是望不到边的漠漠荒原。任凭大地改换了模样,鸟儿一刻也不停歇,昨天,今天,明天,它们继续打这里飞过。

不要认为鸟儿都是按照自己的意志飞翔的。它们为什么飞,它们飞向何方?谁都弄不清楚,就连那些领头的鸟儿也无从知晓。

为什么必须飞得这样快?为什么就不能慢一点儿呢?

鸟儿只觉得光阴在匆匆忙忙中逝去了。然而,它们不知道时间是无限的,永恒的,逝去的只是鸟儿自己。

它们像着了迷似的那样剧烈,那样急速地振翅翱翔。它们没有想到,这会招来不幸,会使鸟儿更快地

高格美句:

以白描的笔法,勾画出群鸟飞过旷野的壮观画面,设置悬念,引起阅读兴趣。欲抑先扬,以场面之"壮观"突出下文"鸟儿的盲目"。

性灵独抒

69

从这块土地上消失。

鸟儿依然"呼啦啦"拍着翅膀，更急速、更剧烈地飞过去……

森林中有一泓清澈的泉水，发出叮叮咚咚的响声，悄然流淌。这里是鸟群休息的地方，尽管是短暂的，但对于飞越荒原的鸟群来说，这小憩何等珍贵！地球上的一切生物，都是这样，一天过去了，又去迎接明天的新生。

鸟儿在清泉旁歇歇翅膀，养养精神，倾听泉水的絮语。鸣泉啊，你是否指点了鸟儿要去的方向？

泉水从地层深处涌出来，不间断地奔流着，从古到今，阅尽地面上一切生物的生死，荣枯。因此，泉水一定知道鸟儿应该飞去的方向。

鸟儿站在清澄的水边，让泉水映照着身影，它们想必看到了自己疲倦的模样。它们终于明白了鸟儿作为天之骄子的时代已经一去不复返了。

鸟儿想随处都能看到泉水。这是困难的。因为，它们只顾尽快飞翔。

不过，它们似乎有所觉悟，这样连续飞翔下去，到头来，鸟群本身就会泯灭的，但愿鸟儿尽早懂得这个道理。

我也是群鸟中的一只，所有的人们都是在荒凉的不毛之地上飞翔不息的鸟儿。

人人心中都有一股泉水，日常的烦乱生活，掩蔽了它的声音，当你夜半突然醒来，你会从心灵的深处，听到悠然的鸣声，那正是潺潺的泉水啊！

回想走过的道路，多少次在这旷野上迷失了方向，每逢这个时候，当我听到心灵深处的鸣泉，我就重新找到了前进的标志。

泉水常常问我：你对别人，对自己，是诚实的吗？我总是深感内疚，答不出话来，只好默默低

过渡段，结构上起到承上启下的作用，由上文对鸟儿行为的描述，转入对自身乃至人类行为的思考。

着头。

我从事绘画，是出自内心的祈望：我想诚实地生活。心灵的泉水告诫我：要谦虚，要朴素，要舍弃清高和偏执。

心灵的泉水教育我：只有舍弃自我，才能看得真实。

舍弃自我是困难的，甚至是不可能的，我想。

然而，絮絮低语的泉水明明白白对我说：美，正在于此。

最美修辞：

运用拟人手法，将泉水人格化，并借泉水之口，以平实精练的话语点明主旨：人类生存的真正意义在于舍弃盲从与自我偏执，回归诚实、谦虚、朴素的本我，这才是人生之美的所在。

石榴

莫怀戚

12年前我搬来这里，最高兴的是从此有了阳台，可以养花。

但这个阳台不理想：冬天的阳光得不到，夏天两头晒。

所以我的盆花活得艰难，只要我稍有懈怠，它们立刻枯萎，而且救不过来。就这样相继死去许多株，于是栽栽种种，我阳台上的盆花不停地变换。

但是有一株从来没有死过，就是石榴。它是唯一的元老。

当初买它的时候，是小苗，花农要价高，说是果石榴。有一种叫花石榴的只开花。

我不懂行，但不愿凭空怀疑人，就买下了。还真是果石榴。

从此每年7月，它开花、结果，到国庆节时，大的已如小孩子拳头，胭脂般地红着；有的还煞有介事地绽开，如画上那样。但籽粒微酸，不好认真吃。

于是我产生了个观念，石榴易活，我家石榴尤其不会死。

然而今年情况不妙。7月过完，它一直不开花，8月中旬，枝叶突然开始发黄——这个迹象同其他盆花的死亡先兆一模一样。

我开始全力抢救它，例如每天浇水喷水若干次，检查病虫害……它依然每况愈下。

到了中央气象台宣布今年的酷热及持续时间是新中国成立四十多年来之最时，我明白石榴完了。

那几天我老想着《二六七号牢房》一文中老爸爸

的话："他连星期肉菜汤都不吃，他连星期肉菜汤不想吃。"（他指伏契克——作者，捷克革命家——受刑严重，失去食欲。）

连石榴都晒死了，连石榴都晒死了。

有几天我不再管它，静等它的死去。

一个壮汉对一株盆花的伤感无法诉说。

但后来我变了主意。不是含有一线希望，而是出于一种情分：你陪伴我多年，我照料你到死。

我照施肥、照浇水、照拔草、照松土，你要怎样是天意了。我将我的心尽到——石榴啊！

9月10日，即今年酷暑强弩之末时，外出两天的我归来大吃一惊：

石榴满枝红花，浓如鲜血！

它什么时候打的苞，谁也不知道！

数一数，35朵，它从来没在9月开过花！它从没开过这许多的花！而且它的枝叶依然枯黄。就是说，它在死亡线上挣扎了整整一个夏天后，它憋了整整一个酷暑的生命全部用来开花结果了。

● 标题赏味：

　　日常用语习惯中，"小试"之后通常连接的是"牛刀"，文题连接的却是"春光"，命题新颖，让人眼前一亮。此外，"小试春光"既指初春时节的一种自然现象，也隐晦地象征着做人的道理，一语双关。

小试春光

宋殿儒

　　大自然的时光变迁，其实是很隐秘的，特别是在北方，冬天的止步和春天的来临，都是在人们不易察觉中发生的。

　　人们在撕掉立春那张日历的时候，心中就一定来了春天，可是大自然却好像没有动静地寒冷着。抬眼看，世间万物还是一派混沌，伸手摸，那些春光容易爬上的柳枝，都还一样在寒风中酣睡着。可是春天却真的管不住地来到了这个世界。

　　如果你很小心地到田野上去贴近寒了一冬的土地，就会发现，那些被冻成铁板的土地都开始松动了，如果你再将耳朵和脸儿紧紧地贴近它，就会感到从大地的深处有一股温暖之气在吻这个世界了。如果你要还不相信春光真的来了，你就来到你小时候经常玩的小河边，贴近你曾经喜欢得不得了的那些柳枝儿，你就会发现，这些柳枝儿的皮色在悄悄地变成黄绿色。如果你对春光还是持有疑虑，那么你就干脆像儿时一样，折下一段柳枝，再狠劲地拧一下，那一定会出现一支柳笛，让你魂不守舍地吹响曾经苦寒而幸福的童年……

　　春光是真的来了，就来在寒冬凛冽的脚头，就来在不声不响的细微之处。

我们家乡人给这一自然现象曾取过一个很是优雅的名字，叫作"小试春光"。

记得我六岁那年的一个初春，和父亲一起到田里去看越冬的麦子，父亲竟然说，一定能给我找到好多好吃的"狼娃儿"。"狼娃儿"其实不是真的狼崽，而是初春时家乡田地里生长的一种既甜又脆的植物。家乡人，也会叫它"珑璁"，因为它的样子很像一根白白胖胖的大葱。这种叫"狼娃儿"的植物，看上去很是柔弱，可是它对气候变化的敏感度极高，几乎是冬天刚要离去，外面的世界都还是寒气阵阵，它就听到了春的脚步，第一个鼓足力量往外长了。立春时节，它一般都已经将自己紫红带绿的头儿搁在浮土下面了，只是，它知道春天刚来的时候，外面还到处是寒冷的刀子，不敢轻易把头仰起来，而是选择了暂时的隐蔽。

父亲就是利用"狼娃儿"的这个特性，在麦田里把它们一个个地揪出来，变成我的一顿美餐。在那些童年的时光里，我几乎每到初春都会跟着父母到田里去享受春光所给予的美食，贪吃也往往总会把一张小嘴吃成翠绿的颜色。

之外，家乡人还会利用"小试春光"这段时间，到田野里去耕耕麦田和油菜，父亲说，大自然在"小试春光"的时候，一般庄稼地里都开始有了一层浮土，浮土下边就会有很多种跃跃欲试的草儿们老早就抬起了头，梦想着钻出来与庄稼争食，这时候，它们的头儿正好都搁在那一层浮土里，只要拿锄划过，就会把很多草儿们的根消灭掉。

待我长大了，为了写作文章，认真地去考察民情民俗的时候，才真正明白，老家人在初春里的很多活动，其实都是在"小试春光"了。

春天来时，不声不响，毫不张扬，她来得悄无声

最美修辞：

运用拟人和排比的修辞，形象地描绘了初春时节万物复苏的细节，突出初春的不易察觉，衬托出春日朴素、不事张扬的特性，为下文做铺垫。

息，而又漫无边际。从一草一木的皮色上，从万物的脸面上，从大地的浮土下，从不断胀大的花蕾里，从"咔嚓咔嚓"消融的河冰上，从人们的蠢蠢欲动的情怀里……她步履姗姗，柔软而又刚强。

春天是位不爱张扬的使者，就像一位朴素无华，而又不失风度翩翩的智者，用一种隐忍和隐秘的力量，来推动时光春潮的来临与涌动。

也许，世界万紫千红、生机盎然的时候，人们才会说春天来了。春天好像丝毫都不在乎外人说什么，而是一味地在寒冷的冬天里就开始小试春光，她第一脚迈开时的壮烈，没有人会知道，可是，春光依然走来了，把个世界走得温暖一派，艳丽妩媚。

其实，小试春光，孕育着一个很深刻的做人道理。就像我们一直关注于一个成功者的成功，而不去问及所以一样，春天的大红大紫，是来自于春天在冬天的一切磨难和历练，是来自于春天的自信和坚强，更来自于春天对大自然万物的无私奉献与担当。

一个人一生有了春天般的自信和担当，那么这个人给这个世界带来的就一定是春天般的温暖和福祉。

小试春光，试的是意志，光的是品行。

最美修辞：

运用排比的修辞手法，以春喻人，指出人需要具备自信坚强的品质，拥有奉献担当的精神，经过磨难与历练之后，才能取得成功。语言表达有气势，富于感染力，点明中心。

高格美句：

对文题进行拆解，收束全文，提炼出意志和品行是做人包括做成功者最应注意的。言辞精练却有力度，使文章中心进一步升华，同时赋予标题以多义性，耐人寻味。

红豆树下

陈歆耕

● 标题赏味：

"红豆"是古典诗词中常见的一个意象，本身已凝聚了一定的古典美。文章以"红豆树下"为题，具有宁静平和的古典韵味，散发着盎然的诗意。

在绵密的江南细雨中，我伫立在常熟古里红豆山庄的红豆树旁。当年钱谦益和柳如是共同生活的红豆山庄，已了无踪迹，只余一片废墟，"硕果"仅存的只有这一棵见证了当年钱柳缠绵情史的红豆树。

我撑着雨伞，夹在数十位观者之中。听不清大家围着红豆树在窃窃私语些什么。有着近五百年历史的红豆树，躯干之粗需数人伸臂合抱；虽已经是初春时节，可是它仍然面容枯槁，似有满腹忧愁；它的枝丫挺立，如利刃般直刺蓝天苍穹……

唐代王维的咏红豆诗最有名："红豆生南国，春来发几枝。愿君多采撷，此物最相思。"可是，江南春雨，却催不出这古老红豆树的新枝，它已经有80年未开花结果，到哪里去采撷红豆？远近的老百姓把它视为"神树"，逢年过节，有很多善男信女来树下烧香跪拜。我猜想这些善男信女在心中祈祷些什么。希望红豆"神树"给他们带来纯真美满的婚姻爱情？抑或不育不孕者希冀"神树"治好他们的生理疾患？可是，他们是拜错了"神"的呀，要知道，钱柳爱情最终是以令人唏嘘感叹的悲剧落幕的，而这棵红豆树也有如此漫长的年头未开花结果了，它还能管得了人间情爱的"开花结果"之事吗？

最美修辞：

运用了拟人和类比的修辞手法。写红豆树"面容枯槁"，将树人格化，继而又将树的枝丫与利刃做类比，突出红豆树古老、沧桑却又孤傲不群的特征。

性灵独抒

我收起了雨伞，索性让细雨淅淅沥沥地滴落在自己的面颊上。流连在红豆古树下，我想得最多的，还是写出传世史著杰作《柳如是别传》的国学大儒陈寅恪先生。他在谈萌发写作此著缘起时说："昔岁旅居昆明，偶购得常熟白茆港钱氏故园中红豆一粒，因有笺释钱柳因缘诗之意，迄今二十年……"在史海跋涉20年，用文言文写就、80余万字、厚厚三大卷的《柳如是别传》，让很多人不理解：一位史学大儒为何要耗费如许光阴，为柳如是——一位沦落风尘的青楼女子作传？其实，只要熟悉柳如是全部人生经历的人就会明白，陈寅恪先生为柳如是作传，其意旨不在为钱柳姻缘留下翔实的历史记载，或传播一段轰动一时又为世俗所诟病的爱情佳话。他是为一位奇女子作传，是为一种伟大的人格和魂魄作传。

而柳氏这样一种"风骨"，与寅恪先生倡导的"独立之精神，自由之思想"，在血脉、心灵上则是相通的。寅恪先生以此大著"痛哭古人，留赠来者"。

我们这些后来者，在面对先生的精神遗产时，是否存有几分愧疚呢？

据记载，在钱牧斋80岁大寿时，柳如是为老公在胎仙阁做寿，恰逢红豆树二三十年后又一次花开满树，她从阁前的红豆树上觅得仅有的一颗红豆，作为寿礼呈上，使钱谦益大喜过望。红豆有情，可显然不是为钱某人开花结果的——钱氏在明灭后降清失节不说，又不愿过隐居生活，遂不听柳氏的反复劝说，非要到清廷去谋一官半职。柳氏则坚决不肯随同前往，做降臣命妇。没有想到，钱氏到京后不被重用，半年后只好托病回老家。他的仕途失意，成全了柳氏在田园山水间安享夫妻生活的愿望。我坚信，有生命的美丽的红豆之花，肯定是为从内而外皆美洁如玉的柳如是而开的。

世间空余"钱牧斋"，"如是"风骨何处寻？

从柳如是到陈寅恪，昂然挺立、傲视红尘的红豆古树，可以看作他们人格的象征吗？

我觉得，需要到红豆古树下跪拜的，倒是那些缺钙、患"软骨病"的人……

可惜的是，此刻，在红豆树的废墟周围，推土机正在发出轰鸣，施工车辆穿梭往来，一座再造的红豆山庄将在这里重现。令我忧虑的是，人工再现的雕梁画栋、小桥流水的红豆山庄，加上熙来攘往的红男绿女，反倒会把孑然孤傲的红豆古树给淹没了——我更欣赏它现在的模样，一副卓尔不群的身姿！

　　绵密的细雨，依旧淅淅沥沥地下着。不知道红豆古树何时能再发出新枝？何时能再开花结果？它那古老沧桑的面容，给我带来的是无限惆怅和忧思……

高格美句：

　　"细雨"多次出现于文中，勾连全篇，使文章结构浑然一体，同时营造了笼罩全篇的凝重清冷的抒情氛围，契合了作者沉郁的思想感情，点染了钱柳故事的悲剧色彩。篇末写不知红豆树"何时能再发出新枝，何时能再开花结果"，正与前文"它已经有80年未开花结果，到哪里去采撷红豆"形成呼应，令文章内在的思想意蕴形成回环之感。写作者期盼红豆古树能再发新枝、开花结果，抒发其忧思之情，表达了对民族气节与傲岸风骨的呼唤与追寻。

花开的声音

陈文和

花开也有声音吗？

一个夏季的晚上，我在住家的阳台上，就捕捉到昙花开放的声音。那棵昙花的花苞早在两三天前就显露出了雏形，这个"雏形"的花苞越来越大，在枝头垂首有如纺锤。那一夜，我估摸它会开放的，便在阳台彻夜守护着，耐心地等待，等待。近午夜十一时，那美好的时刻终于在焦灼的期待中来到了。它的花苞慢慢地鼓胀起来，好像原先干瘪的气球一下子灌进了风，紧接着，我便听到一声"噗"的响动，那是我盼望已久的昙花开放的声音。只见那由许多纤长洁白的花瓣组成的花蕊，快速、灿然地开放了。痴迷间，眼前仿佛跳出了一个长袖善舞的倩女，只一刹那，便羞煞了天际那半轮夏月，那美的光焰，洒向城市街道，使夜的峡谷为之闪闪发亮。

除了昙花，我还真切地听到茶花开放的声音。茶花的开放可不是那种"急性子"，早在夏季时，它的蓓蕾就在枝叶间开始孕育，开头只有一粒米那般大小，和叶芽的形状几乎难以分辨，过了好几天，它的雏形才微微显露出来，又再好几天，它那结实的体态和叶芽松动的体态才泾渭分明。茶花花苞的长大，是一个漫长的过程，就像一个长途旅者，走过了夏天，又走过了秋天，到了冬季，那一头尖的椭圆花苞，那花瓣如鳞片重重包裹的花苞，才终于展现在你的面前，但距离开放仍有些日子。我栽在阳台的那一株茶花，叫"五宝茶花"，枝头共有十几个花苞，它们之间好像有个约定，谁先开谁后开。那一天是休息日，我终于看到第一颗准备开放的花苞有些异样了，它在微微地颤动、颤动，仿佛是个睡美人，在阳台上睡了许久、许久，此刻才在深绿色的枝叶间苏醒，惺忪的眼睛，抖动的睫毛，微微地张开，张开。那张开的声音，和昙花的那一声"噗"完全相反，它是那么细微，那么柔和，那么舒缓。昙花开放的声音是短促的，茶花开放的声音是悠长的，不管短促或悠长，都是那么动听，那么迷人。由此我认定：花开的声音是自然界一种最美妙的乐曲，或者说是一种天籁吧！

花儿这样，世界上一切美好的事物何尝不是如此。当它突然出现时，也会有一种异样的信息，一种类似花开的声音，那是一种文明之花开放的声音。美好事物的孕育、萌发、成熟，也有个渐进的过程，或许中间还会出现一波三折，受到某种压抑和禁锢。当它"破茧而出"或"破墙而出"时，会出现多大的冲击波啊，那一瞬间闪亮的冲击，给人带来的是一种无限的惊喜。这种声音，你只有保持一份纯净、洁白的心态，于细微处才能听到。对于美好的事物，不要有疏离感，要把它置于自己的关爱之下，用自己的羽翼和体温去为它孵化和催生，这样，你就可以及时地听到另一种"天籁"了。

长时间以来，我都迷恋于谛听各种花开的声音。我始终认为，在人世间，倾诉是一种方式，谛听也是一种方式。一个人能听到花开的声音是十分幸福的，因为花开的那一刹那，会最充分地展开事物的内秀和外美，会给你带来一种审美的愉悦和情感的满足。

最美修辞：

运用比喻、拟人的手法，将茶花比作睡美人，苏醒、抖动睫毛等描写，均赋予花以人的动作，突出茶花开放时轻柔、舒缓的特点，与前文昙花开放的急促迅捷形成鲜明对比。

性灵独抒

故乡红叶

凸凹

香山的红叶，我是赏过的。第一次赏香山红叶，我正上着一所专业院校，是陪一个要好的女生一同去的。那次去，适逢红叶盛季，满山皆红遍，那个女生便惊叹不迭。

但我只感到亲切，并没有难抑的惊奇。因为我觉得，故乡的秋天，也是红叶满山、流丹溢彩的；而且，山脉绵亘，红到极遥远的地方，比香山来得有气魄；并且，故乡的山名为百花山，物种繁多，生长呈次第特征，就红得此起彼伏，又比香山来得长久。

只因为香山离市区近些，且是一个著名的公园，命运便很达阔了。

故乡的山峦，植被是极丰茂的：黄栌满坡，柘丛盈岗，楸树峰耸，檀木沟伏……夏时山色蓊郁，入秋，则渐渐变化起来，先是淡黄，而后是斑驳，最终是红得一统了，满山满野就一如火烧。

但这时却是故乡的农忙时节——庄稼的秸秆被村人铡碎了，厚厚地铺到猪厩中去，再取山上的表土覆盖，以期在来年沤出一些好肥料来。所以，未上冻前，村人的第一宗要事，便是背土垫圈。而后，有余力的，要在地堰的边上，砍一垛垛的干柴杂草，烧一堆一堆的草木灰。撒上草木灰的土地，蔓菁憋得大，土豆长得足，谷穗也结得沉。

此时，山上的红叶正红得烂漫呢。人们哪顾得多看几眼呢。所以，山里人并未想到，那一丛丛的红叶，便是一团团的激情、一首首的诗，自己正生于美境与福地，正可以坐享一番。红就让其兀自红去吧，我们还有正经的营生干不迭呢，他们想。

那时，我并没有一丝悲哀，因为身在其中，与村人的感觉相同。

真正醒悟了，感到有些惆怅了，是看到城里人，居然要爬那么远的路径，到香山专程赏红叶之后。我想，人跟人怎么就不一样呢？于是，怀着这么 种情绪，待人们去香山赏红叶的时候，我便回到故乡去，探抚那故乡的红叶。它们被漠视和遗忘得太久了！

我爬到屋后的山上：高远的天，衬以峻拔的山形，那凌风的红叶，簌簌的，便让人极感动。但激动的心，很快就黯然了——沉默的父亲，正在地堰的边上埋头打柴草，他要多烧儿堆木灰啊。于是，观赏红叶的这一份闲雅，就显得多么不合时宜，显得多么奢侈，兀然就生出一丝羞耻，便踅到父亲的身边，想给他打个下手。

父亲很懂我的心思，笑笑："去赏你的景吧。"

见我仍迟迟不动，父亲说："有什么不好意思的呢，你高兴赏景就赏景，我高兴做活就做活，不都图个自在吗？"

我知道，要父亲埋头干他喜欢干的活，比要他赏红叶更使他心安与欢悦，这是情理中的事，不关乎我的勤与懒。但我终究不忍在劳作的父亲身边，做赏景的清客，便同他一起干下去了。

这是第一次回故乡赏红叶的情景。

第二年秋深，想到故乡那满山的绚丽，仍有热热的归心。但父亲在地堰上弯曲的身影从脑底晃出的时候，归心就有了几分迟疑。

心中有一种莫名的惆怅。

最美修辞：

运用暗喻的手法，将红叶比作"激情"，比作"诗"，极言红叶颜色艳丽，突出漫山红叶的景色之美，然而如此美景却无人欣赏，反衬出红叶被忽视的悲哀，暗示着如红叶般的山里人的被漠视。

性灵独抒

83

最后，还是回去了。因为红叶岁岁依旧，而父亲却要一天天衰老；父亲已经辜负了红叶，儿女还要辜负父亲吗？

回到故里，父亲很高兴，抱出一坛雄自酿："崽呀，知道你要回来，爹特意给你留着呢。"我的眼窝便不由得濡湿了。

从此，每到秋深，我皆毫不迟疑地回故乡去，同父亲一道，砍一些枯枝败株，烧几堆草木灰，并有意无意地看几眼父亲苍老的容颜。

我们低头砍着柴草，把红叶搁置于一边了。但只要我们抬起头来，山上的红叶，便很执着地红到我们的眼眸中来——

红叶没有怨艾，只有默默的守望和多情的注视，一如山里的人们。我们也无怨，因为心心相印，甘苦与共，亲情厚重。

倾听原野

李登建

● 标题赏味：

全文记述的主体是树，而标题却是"倾听原野"。因为树是原野生命力的代表，所以作者将树作为倾听的主体，这样利于揭示主题，突出树是原野的希望。

原野疲惫地躺下来，像劳作后的汉子似的摊平四肢，对着天空敞开宽厚结实的胸膛。这个季节，那拥挤着、嬉闹着、任性地在这边掀起排排绿浪，从那边凹出条条金谷的庄稼都纷纷撤退，一群群地蹲在村旁场院里；贪恋热闹，日夜在田亩上欢唱着穿梭织网的飞鸟，不知逃向了何方；就连悠来荡去的小驴驹、牛犊子也踪影杳杳了。空旷，沉寂，不痒不痛，无遮无拦，一眼可望穿八百里……

最美修辞：

运用拟人的手法，将原野人格化，写它如疲惫的汉子般躺下，突出原野平坦开阔且粗犷的特点，同时照应文题。

只有树们还站在这儿。

就在我对面的这些树，叫你简直不敢相认，它们变得这么丑陋了，它们脱去了银光闪闪的铠甲，憔悴、枯瘦、黧黑的枝干疙疙瘩瘩，且密布着一道道小口子，如同农人生了冻疮的皲裂的手，僵直地挓挲着，再没有往日那潇洒、优美而夸张的舞姿，漫天鹅毛大雪飘洒时，才会替它们包一层絮棉。有一株树许是负载过太多太重的果实，树身前倾，压弯的枝条几乎触到地面，显得矮小、衰老、衣衫褴褛，你不由得好生怜悯，它自己却并不在意，好像正沉浸于一团美梦，肯定又梦见头顶抽出簇簇新芽，新芽上缀满露珠般的宝石……

这片林子后面的树则散漫、自由、轻松得多，它们或三五一伙地小憩在地头，或稀稀拉拉地顺着沟渠溜达成一趟儿，或独个儿在田间伫望、徘徊……很像丹青妙手恣意挥毫遗落的墨痕。远树无枝，远人无目，你看不清它们的模样，谁被雷电劈断、烧焦了半边身子，谁因为根毛吸不足水分早早枯干了须发，谁的膀子上长了一堆圆鼓鼓的毒瘤，你全然不知晓。甚至它们各是啥树种你也说不上来，你喊不出它们的名字，其实对它们来说这不重要，原野上的树有无姓名是无所谓的。再蔓延开去的树就模糊了间距、姿势，仅剩一抹灰了，浅灰，深灰，很长很长，犹如峰峦起伏的山脉，绵绵地横亘在天边。

冬天的日头总是躲得那么远，像只断了线的风筝使劲往外挣，有时藏在铅色的云层后好几天不露面，宇间浑浊晦暗，酷似俄罗斯画《伏尔加河上的纤夫》背景的色调。平林漠漠烟如织，浓浓淡淡的雾霭终日在低空缭绕。它的忧郁感染了树们，一株株面色阴冷。空气仿佛凝滞了，即使近前的树也不见树梢晃动。它们就这样默默地待在那儿。它们没有言语。浑朴的原野睡熟了一般。广阔的原野越发坦荡无砥，无际无垠。

我走下河岸，来到林子中，与树们紧挨着站在一块儿，摸摸这棵多粗，比比那棵多高，一寸一寸地抚摸树们苍白失血的肌肤，踮踮脚，钩住根长柯，捻一撮硬硬的皮屑。它们冰凉的躯体泛着温热，我能感觉到它们的脉跳、喘息和微颤，能感觉到它们在思虑什么，为了什么愁闷。此时我好像才真真切切地看到它们活得并不轻松，活得如此艰难，它们在把痛苦、忧伤咀嚼千遍后咽进肚里，在悄无声息地承受着命运压给的一切。我的心异常沉重、疼痛，我为它们悲哀：你们怎么就不怨恨、不愤怒、不呼号、不抗争！

原野太平静了，平静得令人绝望。

隐隐地，原野深处传来丝丝声音，细听又似乎什么都没有。不，是渐渐清晰，渐渐扩大，像钢铁铮铮

动作细节描写的典型范例。运用了"挨""站""摸""比"等一系列动词，生动地写出了"我"与树的亲密接触，表现了"我"对树的亲近与怜悯之情。

的撞击声，像海潮裂岸的轰鸣，像万钧雷霆的震荡，它迅速滚过整个原野，无数头巨兽般疯狂摇撼着原野，要把原野翻个个儿，一阵剧颤，树冠上方支离破碎的天穹在噼里啪啦往下掉。虽然我还分辨不出这声音是哭是悲是怒，但我已经被一股无敌的力量、蓬勃的生气所裹挟、所推动，我眼前喧嚣起汹汹涌涌、铺天盖地的绿意。我听见一个崭新的世界正婴儿般呱呱叫着诞生!

我不知道这声音来自树们，还是我的幻觉。

原野的平静也是一种大平静。

等待风。

最美修辞：

运用比喻和排比的修辞手法，以富有力度和气势的语言，将原野深处传来的声音进行生动细腻的描摹，突出了原野中树木们强大、蓬勃的生命力。

高格美句：

言辞精练，却是全篇的文眼。原野的平静是表面的，表面看来空旷、沉寂，但正是在这平静中酝酿着汹涌的绿意、蓬勃的生机，充满着希望。

性灵独抒

87

芦苇荡与眼睫毛

毛云尔

每年三四月间的时候，埋在土里的芦苇根茎开始吐芽，到了五六月份则成浩荡之势，疯长起来的芦苇比人还要高。那袒露了一个冬季的湖泊与河流，于是渐次隐身在芦苇的屏障后面，开始给人一种距离感。我们往往凭借从芦苇后面传来的水流声，大致判断一条河流的方向，或者，揣测一座湖泊或宁静或躁动的心境。

当我们试图走进夏天的某座湖泊或者某条河流，首先就必须穿越这道芦苇的屏障。这中间仿佛有一段不小的距离，甚至称得上漫长。

我想，倘若自己就是那个昨晚下了钓饵或撒了暗网的人，一大早起来去收网的话，那朝芦苇深处走去的背影在一点点变小——这种变化俨然一种不复存在的融化，如同一块阳光下的冰。所以，我从不敢擅自去穿越芦苇荡，哪怕湖泊对我有着再大的诱惑。有人误认为我害怕蛇之类的，嘲笑我胆小，我也不作解释。因为我恐怕解释不清楚。是啊，会有谁相信芦苇荡能将活生生的一个人融化其中呢？

大多数时候，我就坐在地上，中间隔着芦苇，和一座湖泊遥遥相望。

我轻声念着湖泊的名字，而湖水舔岸的声音被微风吹送着穿越芦苇而来，两种声音就这样交织在一起，实现了心灵上的沟通。许多个清晨或黄昏，我就通过这种自我慰藉的方式——也是一种自欺欺人的方

式，和一座心仪的湖泊厮守在一起。有一次，我坐在地上不知多久了，整个身体似乎充满了潮湿的地气，正当我爬起来准备离开的时候，头顶上的天空中突然出现了一大群鸟，翅膀拍打的声音使它们背后的天空似乎无限膨胀起来，这个早晨的宁静于是瞬间不复存在。

只见它们一个俯冲，降低了高度，从芦苇细小的间隙中穿过，径直朝深处的湖泊扑去。我伫立许久，也没有看见一只鸟再飞出来，而湖泊依然，没有丝毫躁动。我给这群不失鲁莽的鸟下了一个结论，它们并没有抵达湖泊，而是就在穿越的途中被芦苇一点点消化，并吸收。

另一次则是黄昏，一大群鸟从远处飞来，唧唧喳喳的声音仿佛卡车扬起的灰尘，遮天蔽日。它们在头顶上空盘旋，犹豫不决。最终，它们选择了放弃，又顺着来时的方向折了回去。

我不能区别，这两群鸟中，到底哪一群鸟的选择属于明智之举。

那时候，我尚不知道帕斯卡尔，不知道"会思想的芦苇"这种说法。不然，绝不会将眼前浩浩汤汤的芦苇比喻为眼睫毛。帕斯卡尔强调了思想的重要性，他认为，其实人是最脆弱的芦苇，只不过人是会思想的芦苇，"思想成就了人的伟大"。在他的哲学里，似乎思想就是那样一种东西——内化的时候，如同钙质；外化的时候则像一副铠甲。是思想支撑着我们，并帮助我们抵挡了不期然袭来的风雨。因为有了这种认识，现在，如果要再打一个比方，我一定会将环簇着湖泊的芦苇比喻为湖泊的思想，或者用来保护的铠甲。

然而，那个时候的我几乎没有思想，只有情感，那是一个情感的年龄，仿佛是情感制造了包括肌肤、

最美修辞：

运用暗喻的修辞手法，将湖泊比作眼眸，将芦苇荡比作睫毛，以喻体"眼眸""睫毛"的纯净优美的特性，突出了"我"那时偏好感情用事的个性。此处，首次将题目中的两个事物联系起来，极富象征色彩的语言，引人深思。

骨骼在内的身体的一切。为人做事全凭情感，就连打一个小小的比方也是如此。那时候我觉得，湖泊是让人想入非非的、楚楚动人又楚楚可怜的眼眸，芦苇如同修长的睫毛，两者是一种完美的组合，给人一种欲罢不能的诱惑。是的，我渴望着和一座眼眸似的湖泊亲近，却又担心被芦苇的睫毛拒之门外。我还不能清楚认识自己，到底是一滴能够带来滋润的雨水，还是具有伤害的一粒灰尘。如果是一粒灰尘，毫无疑问，我将在走向湖泊的途中被芦苇拦截并吸收。也许，这就是我在一座湖泊前久久徘徊，既不前进又不离去的原因。

芦苇横亘在我和一座湖泊之间，但是，我并没有由此记恨它。这眼睫毛似的芦苇，当我们注视久了，才发现那是一句无声的透明语言，它时刻在询问着我：你爱我吗？能给我幸福吗？倘若我肯定回答，一切阻拦将形同虚设。我却无言以对。是啊，我怎么能够毫无根据地对一座湖泊许诺，我一定能够给它幸福而不是伤痛呢。

现在，当我再次伫立在一座湖泊的身边，我看见浩浩汤汤的芦苇失去了睫毛的柔和，闪烁着类似金属的光泽。如同爱情这个词语，渐渐坚硬起来。

清秋书简

倚灯夜读，头顶上有金黄的秋月，田野里有成熟的庄稼，抱着书置身在大自然中，令我的内心充满宁静。一杯滚烫的热茶，一本心仪的书，窗前的灯影里，我在阅读，窗外秋虫们在吟唱。它们的话语和我心灵的声音汇合，还有什么样的体验比这更美妙呢？

告别白鸽

陈忠实

老舅到家里来，话题总是离不开退休后的生活内容，说他养着一群鸽子。我禁不住问："有白色的没有？纯白的？"老舅当即明白了我的话意，不无遗憾地说："有倒是有……只有一对。不过，白鸽马上就要下蛋了，差不多得两个月吧，到时候我把小白鸽给你捉来，就不怕它飞跑了。至于那一对老白鸽你养不住，咱们两家相隔几里路，它一放开就飞回老窝里去了。"

出乎我意料的是，一周没过，舅舅又来了，而且捉来了一对白鸽。

面对我的欣喜和惊讶之情，老舅说："你一年到头闷在屋里看书呀写字呀，容易烦。我想到这一层就赶紧给你捉来了。"我看着老舅的那双洞达豁朗的眼睛，心不由怦然颤动起来。

我把那对白鸽接到手里时，发现老舅早已扎住了白鸽的几根羽毛，使它们只能在房屋附近飞上飞下，而不会飞高飞远。

老舅特别叮嘱说，一旦发现雌鸽产下蛋来，就立即解开它翅膀上被捆扎的羽毛，此时无须担心鸽子飞回老窝去，它离不开它的蛋。

我在祖居的已经完全破败的老屋后墙上的土坯缝隙里，砸进了两根木棍子，架上一只硬质包装纸箱，纸箱的右下角剪开一个四方小洞，就把这对白鸽放进去了。我总是没遍没数儿地跑到后院里，轻轻地撒上一把玉米粒儿。起始，两只白鸽大约听到玉米粒落地时特异的声响，挤在纸箱四方洞口探头探脑，像是在辨别我投撒食物的举动是真诚的爱意抑或是诱饵。我于是走开，以便它们可以放心进食。

终于出现奇迹。那天早晨，一个美丽的乡村的早晨，我刚刚走出后门扬起右手的一瞬间，"扑啦啦"一声响，一只白鸽落在我的手臂上，迫不及待地抢夺手心里的玉米粒儿。接着又是"扑啦啦"一声响，另一只白鸽飞落到我的肩头，旋即又跳弹到手臂上，挤着抢着啄食我手心里的玉米粒儿。四只爪子掐进我的皮肉，有一种痒痒的刺痛。然而听着玉米粒从鸽子喉咙滚落下去的撞击的声响，我竟然不忍心抖掉鸽子，似乎是一种早就期盼着的信赖终于到来。

又是一个堪称美丽的早晨，我发现一只白鸽静静地卧在纸箱里产卵了。

新生命即将诞生的欣喜和某种神秘感，立时就在我的心头漫溢开来。遵照老舅的经验之说，我当即剪除了捆扎鸽子羽毛的绳索，白鸽自由了。

终于听到了破壳出卵的幼鸽的细嫩的叫声。我站在后院里，先是发现了两只破碎的蛋壳，随之就听到从纸箱里传下来的细嫩的新生命的啼叫声。那声音细弱而又嫩气，如同初生婴儿无意识的本能的啼叫，又是那样令人动心动情。

两只白鸽轮番飞进飞出，每一只鸽子的每一次归巢，都使纸箱里欢闹起来，可以推想，父亲或母亲为它们捕捉回来了美味佳肴。

这一天，我再也按捺不住神秘的纸箱里小生命的诱惑，端来了木梯，自然是趁着两只白鸽外出觅食的间隙。

哦！那是两只多么丑陋的小鸽，硕大的脑袋光溜溜的，又长又粗的喙尤其难看，眼睛刚刚睁开……我第一次看到了初生形态的鸽子，那丑陋的形态反而使我更急切地期盼蜕变和成长。

说来挺怪的，我按自己每天三餐的时间给鸽子撒上三次玉米粒，然后坐在书桌前与我正在交葛着的作品里的人物对话，心里竟有一种尤为沉静的感觉，白鸽哺育幼鸽的动人的情景，有形无形地渗透到我对作品人物的气性的把握和描述着的文字之中。

又是一个美丽的早晨，我在往地上撒下一把玉米粒的时候，两只白鸽先后飞下来，它们显然都瘦了，毛色也有点儿灰脏有点儿邋遢。我无意间往墙上的纸箱一瞅，看见两只幼鸽挤在四方洞口。那是怎样漂亮的两只幼鸽哟，它们从脑袋到尾巴，一色纯白，没有一根杂毛，牛乳似的柔嫩的白色，像是天宫降临的仙女。

最美修辞：

运用比喻的修辞，将幼鸽的毛色比作牛乳，将幼鸽比作仙女，极言幼鸽毛色洁白，给人以纯净圣洁之感。以博喻的手法，将幼鸽比作刚绽开的荷花、带露的梨花和深闺的俏妹子，生动地描绘出幼鸽胆怯羞涩的神态，表现其天真可爱的特点。

高格美句：

白鸽飞翔，河流蜿蜒，杨柳静立，麦田扬花吐穗，作者按由高及低、由远及近的空间顺序，细致地描摹出乡村傍晚的景色，动静结合，虚实相生，突出了"家园"最迷人最令人陶醉的季节的美。

是的，那种对世界对自然对人类的陌生和新奇而表现出的胆怯和羞涩，使人顿时生出诸多的联想：刚刚绽开的荷花，含珠带露的梨花，养在深山人未识的俏妹子……最美好最纯净最圣洁的比喻仍然不过是比喻，仍然不及幼鸽自身的本真之美。这种美如此生动，直教我心灵震颤，甚至畏怯。是的，人可以直面威胁，可以蔑视阴谋，可以踩过肮脏的泥泞，可以对叽叽咕咕保持沉默，可以对丑恶闭上眼睛，然而在面对美的精灵时却有着一种怯弱。

傍晚，小白鸽和老白鸽在那幢破烂失修的房脊上亭亭玉立。夕阳绚烂的光线投射过来，老白鸽和幼白鸽的羽毛红光闪耀。

我扬起双手，拍出很响的掌声，激发它们飞翔。小白鸽飞起来又落下去，似乎对自己能否翱翔蓝天缺乏自信，也许是第一次飞翔胆怯。两只老白鸽就绕着房子飞过来旋过去，无疑是在鼓励它们的儿女勇敢地起飞。果然，两只小白鸽起飞了，翅膀扇打出啪啪啪的声响，跟着它们的父母彻底离开了屋脊，转眼就看不见了。

我走出屋院站在街道上，树木笼罩的村巷依然遮挡视线，我就走向村庄背靠的原坡，树木和房舍都在我眼底了。我的白鸽正从东边飞翔过来，沐浴着晚霞的橘红。沿着河水流动的方向，翼下是蜿蜒着的河流，如烟如带的杨柳，正在吐絮扬花的麦田。这是我的家园一年四季中最迷人最令我陶醉的季节，而今又有我养的四只白鸽在山原河川上空飞翔，这一刻，世界对我来说就是白鸽。

这一夜我失眠了，脑海里总是有两只白色的精灵在飞翔，早晨也就起来晚了。我猛然发现，屋脊上只有一双幼鸽。老白鸽呢？直到乡村的早饭已过，仍然不见白鸽回归，我的心里竟然是惶惶不安。这当儿，舅父走进门来了。

"白鸽回老家了，天刚明时。"

我大为惊讶。昨天傍晚，老白鸽领着儿女初试翅膀飞上蓝天，今日一早就飞回舅舅家去了。这就是说，在它们来到我家产卵孵蛋哺育幼鸽的两个多月里，始终也没有忘记老家故巢，或者说两个多月孵化哺育幼鸽的行为本身就是为了回归。我被这生灵深深地感动了……

当我行走在历史烟云之中的一个又一个早晨和黄昏，当我陷入某种无端的无聊无端的孤独的时候，眼前忽然会掠过我的白鸽的倩影，淤积着历史尘埃的胸脯里便透进一股活风。

天空 / 周 涛

我心有猛虎，而你只要一枝蔷薇

96

　　雨水已经在地上横流，稀泥在脚下咕叽着，很有张力。这时，肯定是上帝让他在偶然间一瞥，发现了正在泥水中蠕动的一物！他原以为是一只野兔或可怜的黄鼠狼，黄乎乎的一团，蜷缩着也不逃窜。近前细看，竟万万没有料到是一只老鹰——天空的遗物！这家伙也许刚才盘旋得过分悠然自得、忘乎所以，它自以为熟悉风云变幻，却不想竟被骤降的暴雨凌空击落，成了这副倒霉样子，全身湿淋淋的，涂满泥浆，比一只老鼠还糟糕。

　　它显得非常小，形体和一只半大公鸡差不多；而精神状态更渺小，淋湿的翅膀和羽毛塌陷下去，就现出了支棱着的嶙峋瘦骨。它的两只爪是用来抓捕猎物而不是用来走路的，所以它移动起来十分别扭，像个瘸子。就连那双眼睛，黄眼珠，圆圆的，外圈镶着一圈金丝，据说平时在空中相当锐利的眼睛，也毫无凶悍的光芒了，只剩下哀告无援的神色。

　　他捡它的时候，它丝毫没有挣扎，很顺从地被他用外衣兜起来，提走了，一直提回到他住的泥巴房，顺手将它放在堆炭的土房的顶上。

　　那房顶很矮，个儿高的人伸手就能够着它。它像一截老树根那样，一动不动并涂满泥浆地被扔在那上面，任凭雨水冲洗着泥浆，它无动于衷，而且毫不引人注意。他这时的心情，就像意外地捡了个古陶瓷瓶，可惜碰缺了一角，成了弄坏的宝物，已经没有多少价值。得来容易，便也没多少珍惜和遗憾。他把那只湿不拉叽的倒霉老鹰的事，很快就丢在脑后了。而且，应该承认，他是被那家伙的可怜相给蒙骗了，他完全忘了最重要的一点，就是那家伙会飞。

后来，天放晴了。

他忘了当时是被什么鬼名堂给吸引住了，大概是读一本哈萨克大诗人写的《箴言》，那里边有些话他现在还记得："如果不了解世界上我们见到的或没见到的全部，至少是大部分奥秘，人就不能称其为人。"还有："畜生是不懂，但它并不装懂。我们什么也不懂，但偏要装懂。"

当他隐约觉得似乎忘记了什么而伸着懒腰走出屋门的时候，矮屋顶上的声响提醒了他。他转过头，看见那涂满泥浆的老树根活了。

它正拍打着翅膀，头颈向前伸着。

它已经完全晒干了，洗净了，在阳光下变得生气勃勃，每片灰赭色的羽毛都鳞光闪闪，它仿佛变成了另一个东西，大了几倍，翅膀凌空扇动时有一种气势，一副雄姿。这是它离开屋顶的前几秒钟，恰恰被他看见。

他站在那儿没动，根本没有打算扑上去抓它，只是眼睁睁地望着它起飞。甚至心里还暗暗替它担着一份心，害怕它丧失了飞的能力。

它飞走了，先是低低地滑翔，有时候离地面很贴近，像个小孩做的飞行玩具。不一会儿，它就升起来，飞进了天空，盘旋，徜徉，就在这屋顶的上空，遥远成一个黑点。他仰起脸，注视着它，看那黑点儿的移动，看那放晴了的天空中大朵大朵爆裂在阳光下的云，这时，他觉得那只鹰神奇而又陌生。

最美修辞：

运用比喻的修辞手法，将鹰比作涂满泥浆的老树根，形象地勾画出鹰被暴雨击落坠地后的狼狈样子，而树根"活了"，则预示着鹰重新恢复活力。生动活泼的描述，为文章增添了趣味性。

高格美句：

"大朵大朵"表现出云朵层叠的壮美，而"爆裂"给人以强悍的力度感，传神地写出云朵翻涌的状态，烘托出鹰生命力爆发时的张扬和神奇，表现了"他"此时对鹰的敬仰。

● 标题赏味：

作者选取了一个日常认知中的事实现象，作为文章标题。"蚕是被自己的丝裹住的"，初看时似是一句毫无意义的话，然而与"作茧自缚"的成语联系起来思考，却发现其中暗藏着深刻的寓意。

蚕是被自己的丝裹住的

毕淑敏

我心有猛虎，而你只要一枝蔷薇

蚕是被自己的丝裹住的，这是一个真理。每一个养过蚕的人和没有养过蚕的人，都知道这件事。蚕丝是一寸一寸吐出来的，在吐的时候，蚕昂着头，很快乐专注的样子。蚕并没有意识到，正是自己努力劳动，才将自己的身体束缚得紧紧的。直到被人一股脑儿丢进开水锅里，煮死，然后那些美丽的丝，成了没有生命的嫁衣。

这是蚕的悲剧。当我们说到悲剧的时候，不由自主地持了一种观望的态度。也许，是"剧"这个词，将我们引入歧途。以为他人是演员，而我们只是包厢里遥远的安全的看客。我想说的是，作茧自缚的情况，绝不如想象的那样罕见，它们广泛地存在于我们周围，空气中到处都飘荡着纷飞的乱丝。

钱的丝飞舞着。很多人在选择以钱为生命指标的时候，看到的是钱所带来的便利和荣耀的光环。钱是单纯的，但攫取钱的手段却不是那样单纯。把一样物品作为自己奋斗的目标，它的危险，不在于这物品的本身，而在于你是怎样获取它并消费它。或许可以说，收入钱的能力还比较地容易掌握，支出它的能力则和人的综合素质有极大的关系。从这个意义上讲，有些人是不配享有大量的金钱的。如同一个头脑不健全的人，如果碰巧有很大的蛮力，那么，无论是对于他本人还是对于他人，都不是一件幸事。

在一个社会财富和个人财富飞速增长的时代，钱是温柔绚丽的，钱也是漂浮迷茫的，钱的乱丝令没有能力驾驭它的人窒息，直至被它绞杀。

爱的丝也如四月的柳絮一般飞舞着，迷乱着我们的眼，雪一般覆盖着视线。这句话严格说起来，是有语病的。真正的爱，不是诱惑，是温暖。只会使我们更勇敢和智慧。但的确有很多人被爱包围着，时有狂躁。那就是爱得没有节制了。没有节制的爱，如同没有节制的水和火一样，甚至包括氧气，同样是灾难性的。

水火无情，大家都是知道的。但是谈到氧气，那是一种多么美好的东西啊。围棋高手下棋的时候，吸氧之后，妙招迭出，让人疑心气袋之中是否藏有古今棋谱。记得我学习医科的时候，教授讲过这样一个故事。一名新护士值班，看到衰竭的病人呼吸十分困难，用目光无声地哀求她请把氧气瓶的流量开得大些。出于对病人的悲悯，加上新护士特有的胆大，当然还有时值夜半，医生已经休息。几种情形叠加在一起，于是她想，对病人有好处的事，想来医生也该同意的，就在不曾请示医生的情况下，私自把氧气流量表拧大。气体通过湿化瓶，汩汩地流出，病人顿感舒服，眼中满是感激的神色，护士就放心地离开了。那夜，不巧来了其他的重病人。当护士忙完之后，捋着一头的汗水再一次巡视病房的时候，发现那位衰竭的病人已经死亡。究其原因，关键的杀手竟是氧气中毒。高浓度的氧气抑制了病人的呼吸中枢，让他在安然的享受中丧失了自主呼吸的能力，悄无声息地逝去了……

很可怕是不是？丧失节制，就是如此恐怖的魔杖。它会令优美变成狰狞，使爱怜演变为扼杀。

最美修辞：

运用比喻的修辞手法，将无节制的爱比作蚕的丝，又将"爱的丝"比作柳絮和雪，形象地描绘出无节制的爱对人造成的迷惑与混乱，描绘出其对人造成的危害。

清秋书简

99

谈到爱的缠裹带给我们的灾难，更是俯拾皆是。多少人为爱所累，沉迷其中，深受其苦。在所有的蚕丝里面，我以为爱的丝，可能是最无形而又最柔韧的一种。挣脱它，也需要最高的能力和技巧。这当中的奥秘，需要每一个人细细揣摩练习。

还有工作的丝、友情的丝、陋习的丝、嗜好的丝……或松或紧地包绕着我们，令我们在习惯的窠臼当中难以自拔。

逢到这种时候，我们常常表现得很无奈很无助，甚至还有一点点敝帚自珍的狡辩。常常听到有人说，我也知道自己的毛病，也不是不想改，可就是改不掉。我就是这样一个人了……

当他说完这些话的时候，就好像对自己和众人都有了一个交代，然后脸上就显出安泰无辜的样子，仿佛合上了牛皮纸封面的卷宗。

每当这种时候，我在悲哀的同时，也升起怒火。你明知你的茧是你自己吐的丝凝成的，你挣扎在茧中，你想突围而出。你遇到了困难，这是一种必然。但你却为自己找到了种种的借口，你向你的丝退却了。你一面吃力地咬断包围你的丝，一面更汹涌地吐出你的丝，你是一个作茧自缚的高手，你比推石头的西西弗斯还惨。他的石头只是滚下又滚下，起码并没有变得更大更沉重。你的丝却在这种突围和分泌的交替中，汲取了你的气力，蚕食了你的信心，它令你变得越来越不喜爱自己，退缩着，在茧中藏得更深更严密更闭锁更干瘪了。

我们每个人都有一些茧。这些茧背负在我们的身上，吸取着我们的热量，让我们寒冷，令前进的速度受限。撕碎这茧，没有外力和机械可供支援。只有靠自己的心和爪。

茧破裂的时候，是痛苦的。茧是我们亲手营造的小世界。茧的空间虽是狭窄的，也是相对安全的。甚至一些不良的嗜好，当我们沉浸其中的时候，感受到的也是习惯成自然的和谐。

撕破了茧的蚕，被鲜冷的空气，闪亮的阳光，新锐的声音，陌生的场景……刺激着，扰动着，紧张的挑战接踵而来。这种时刻的不安，极易诱发退缩。但它是正常和难以避免的，是有益和富于建设性的。你会在这种变化当中，感受到生命充满爆发的张力，你知道你活着痛着并且成长着。

有很多人终身困顿在他们自己的茧里。这是他们自己的选择，当生命结束的时候，他们也许会恍然发觉，世界只是一个茧，而自己未曾真正地生活过。

羊蹄甲

席慕蓉

羊蹄甲是一种很难画好的花。花开时，整棵树远看像是笼罩着一层粉色的烟雾，总觉得看不清楚，画不仔细。可是，你如果真的要靠近了来观察它的话，它那一朵一朵细致如兰花的花朵却又完全是另一种样子，和远看时完全不同，你又不知道该如何下手了。

假如一朵一朵地画起来，怎么样也不像原来的那棵树，但是，假如只用深深浅浅的色点来表现的话，又觉得不甘心，因为它原来的花朵那样秀美细致，实在是不能只用一些色点来形容就算了的。

我们师专校园里有几棵很老的羊蹄甲树，长在堤边，一到开花的时候，学生们就会在树底下走来走去，近也不对，远也不行，不断地变换着位置，一边观察一边嘴里埋怨着，手底下却又不肯停止地画了起来。

我坐在树下观察他们的表情，觉得他们和年轻时候的我并没有两样，不禁微微地笑了。天好干净，是那种澄明的蓝，草好柔软，是那种细密的绿。穿着白色衬衫和灰色运动裤的男女同学散坐在树下，风吹过来，羊蹄甲粉紫色的小花瓣就轻轻柔柔地落了下来，有几瓣落在男孩子的肩膀上，有几瓣落在我的速写簿里，似乎还带着一阵淡淡的幽香。

忽然觉得，人生也许就是这样了，只要是自然的，只要是顺着天意的，就算是花落了也不一定要觉得悲伤，甚至也可以有一种淡淡的喜悦，就像这风里的若有若无的清香。

不是吗？在整个人生的长路上，不是都开着像羊蹄甲一样迷迷蒙蒙的花树吗？往前看过去的时候，总是看不真切，总是觉得笼罩着一层缥缈的烟雾，等到真的走到树下了，却又只能看到一朵一朵与远看时完全不同的单薄细润的花朵。只要稍微迟疑，风就吹过来，把它们一瓣一瓣地吹散，轻柔地拂过你的脸颊，在你的发间或者肩膀上留下一点儿淡淡的幽香，然后就静静地落在你身后的草丛里，逐渐褪色，逐渐消逝，静静地望着你向前走去，向着另外的一棵迷蒙的花树走去。

等你回过头再望回来的时候，在暮色里，它又重新变成了一个迷蒙的记忆，深深浅浅，粉粉紫紫地站在那里，提醒你曾经走过去的，那些清新秀美的春日、那条雨润烟浓的长路。

忽然觉得，人生也许真的就是这样了，我们都走在一条同样的路上，走得很慢，隔得很远，却络绎不绝。

高格美句：

所谓"一条同样的路"是指，人生似开羊蹄甲的花树一样，往前看去，对未来总是充满希望，然而理想与现实总是有差距的，当你走向另一棵羊蹄甲树时，曾经的羊蹄甲又变成一个迷蒙的记忆，提醒你曾走过来的长路。"走在一条同样的路上"，引发读者疑问，令文章结尾韵味无穷。

● 标题赏味：

　　以大娘平常却又蕴含哲理的话作为文章标题，于平淡朴实中见深意。"雪化一化，就有路了"，"路"可以是道路，也可以是人生路，如雪般遮蔽人生路的误会与诽谤，终究会成为过去，雪化后，人生路将更加光明。

雪化一化，就有路了

张抗抗

　　每年下第一场雪的日子，我总会想起多年前，一个雪天的经历。

　　那些日子我始终被一件事情烦恼着，烦恼的起因似乎是为了一些闲言碎语。那时我初涉文坛，尚未习惯文坛的无事生非，很容易被那些谣言困扰，情绪波动也很激愤。当事情渐渐平息下来时，我偶尔听说某某人在其中做了手脚，心里顿时对此人充满了愤懑和恼恨。

　　明人不做暗事——按照我一贯的脾气，我发誓要当面去质问她，为什么要这样伤害我。我还要将那件事情的前因后果对她讲清楚，让她知道，我是什么样的人；而她，却在其中扮演了一个怎样卑劣的角色……

　　时已深秋，树叶在寒风中一片片坠落，如我失望而悲凉的心情。

　　很快便有了一个机会。我出差去某地，恰好要路过那个人所在的城市。我向朋友要来了她的地址，决定在那座城市作短暂的停留，去义正词严地指责、声讨她，然后同她拜拜，乘坐下一班火车拂袖而去。

　　从清晨开始，天空就阴沉沉的。风变得湿暖，闷得人透不过气。火车意外晚点，到达那座城市时，已是傍晚时分了。当我走出车站时，发现空中已飘起了雪花。

那场雪似乎来得很猛。我看着地址打听路线，乘坐了几站电车。下车时，只见马路边的屋顶和地面上已是厚厚一层白雪。天色很快暗了下来，昏黄的路灯照着银色的雪地，四周的街道和房屋笼罩在一片暗淡迷茫的雪色中。完全陌生的街名和异样的口音，令我不知自己置身何处。

　　我有些发蒙，心生胆怯和疑惑。但我只能继续往前走，去寻找那个记录在怨恨的纸条上的地址。我还得抓紧时间赶回车站，夜班火车将在零点经过这座城市，一旦错过，我就只好在候车室过夜了。

　　雪下得越来越大，风也越发凛冽，雪片像是无数只海鸥扇着白色的翅膀，围绕着我扑腾旋转。四下皆白，分不清天上地下。我跌跌撞撞地朝前走着，没有伞，头巾早已经湿了，肩上的背包也渐渐滞重，额头上被热气融化的雪水，顺着面颊流淌下来……

　　那条胡同怎么还没有出现呢？我明明是朝着那个方向走的啊。街上几乎已没有行人，远处有人影匆匆而过，连可以问路的人也没有。我又试着来回走了一会儿，可是风雪中既寻不见街牌也看不见门牌号码。那时我才发现，自己一定是迷路了。

　　我饥饿、疲惫、寒冷、烦躁，我的心中被郁积已久的怒气鼓胀得几乎快要炸裂。我恨透了那个惹是生非的女人，都是因为她的过错，才使我徘徊流落在异乡这个可憎可恶的街头，饱受风雪之苦。今晚我若是能找到她，非得狠狠地痛斥她一顿，将她训得无地自容，让她向我赔礼道歉，方能一解我心头之恨！

　　就在那个时候，我看见了街边上一间简陋的平房窗口，泄出一线微弱的灯光。我涨红着愤怒而疲倦的脸，敲响了那家人的房门。

　　门开了，灯光的暗影中，站着一位上了年纪的老妇，她似乎正在和面做饭，于是将两只手甩了甩，又合拢着搓了搓，才接过我那张写着地址的纸条。

　　然后她眯着眼将那张纸条举在灯下看了看，又低头仔细地打量着我。她用一只手在那面团上拍了拍，问："你不是本地人吧？"我点点头。她便往前方指了指，告诉我那条胡同离这儿已经不远，但还得如何拐弯如何拐弯之类。那口音不好懂，我听得越发糊涂，傻傻地愣在那里。她也愣了一下，后来就索性扯下围裙，抓起一条头巾说："那地方太难找，还是我领你去吧！"

　　不容我谢绝，她已跨出门槛，踩在了雪地里。她走得快，我闷头跟在她身后。只听见雪在脚下咔咔作响，前方忽闪忽闪的雪片里，一个模糊的背影，若隐若现地引导着我。

"这大雪天儿出门，定是有要紧事吧？"她回过头大声喊。

我含糊应了一声。

"猜你是去看望病人吧？看把你累的急的！是亲戚？朋友？"她放慢了脚步，一边拍掸着肩上的雪花，等着我。

我心里咯噔一下。

亲戚？朋友？病人？还是读者？我沉默着，无言以对。我如何对她实言相告，自己其实是去找一个"仇人"兴师问罪的！

似乎就在那一刻，我忽然对自己此行的目的和意义，恍恍惚惚地产生一丝怀疑和动摇。我不知道自己来这座城市干什么。甚至也不知道我要去寻找的那个人究竟是谁。那个人隐没在漫天飘飞的雪花中，随风而去，只不过应和着恶劣天气中雷电偶尔的喧嚣，也许出于无知，也许出于一时利益之需，那也许真的是一个需要救治而不是鞭笞的"病人"呢！

脚底突然在一个雪窝里滑了一下，大娘一把将我拽住。

"这该死的雪，真讨厌……"我忍不住嘟哝。

"不碍事，不碍事。"她一边说一边仍在搓着手指上的面粉。"就快到了，前面那个电线杆子右拐，再往前数三个门就是。"她抬起一只手，擦着脸上的雪水。我看见她花白的头发上，落满了一粒粒珍珠般的水珠。

"大娘，请回吧，这回我认得路了……"我说着，声音忽然就喑哑了。

她又重复指点了一遍，便转身往回走。刚走几步，又回过头，大声说："不碍事，明儿太阳出来，这雪化一化，就有路了！"

那个苍老的声音，被纷扬的雪花托起，在空荡荡

最美修辞：

运用通感的手法，将抽象的声音形象化，可以被雪花"托起"，描摹出雪夜中大娘声音的邈远轻盈。此外，声音可以在街上"蹒跚"，则是将声音人格化，突出大娘的话给"我"以启迪，她的声音在街上蹒跚实则是对"我"内心构成震动。

的小街上蹒跚。

我在雪地上久久伫立，任雪花落满我的双肩、遮盖我的眼帘；任寒风吹打我的脸庞、掀起我的衣襟。湿重的背包、鞋和围巾一下子失去了分量，连同我此前沉郁的大脑和满腹怒气的心思……

明儿太阳出来，这雪一化，就有路了！

雪化一化，就有路了——那么，就把冷雪交给阳光去处理。雪不能永远覆盖道路，因为路属于自己的脚。世上如果曾有误会和诽谤，充满着阳光的心灵却能宽宥和融化一切啊。

那个风雪之夜，当我终于站在那费尽周折才到达的门牌下面时，已经全然没有了跳下火车时那种激愤的心情。我在那个破旧的大杂院门口平静地站了一会儿，轻轻将那张已被雪水洇湿的纸条撕碎，然后慢慢朝火车站方向走去。

点格美句：

卒章显志，直抒胸臆。将雪比作人生中遇到的误会和诽谤，而宽容的心灵就好似阳光，可以将这一切化解掉。篇末以富有象征性的文字，点明主旨，紧扣标题，令全文结构严谨自然而内蕴深厚。

卧看残月上窗纱

／路来森

　　月亮，给人的感觉，总是美好的。

　　这不仅仅是因为月光皎洁、月辉银白清纯，给人以明亮，给人以纯粹；更重要的是，月亮、月光，能形成一种境界、氛围，为人提供丰富的联想、想象，让人产生一些幽微的情绪，和丝丝莫名的喜悦。

　　夜渐深，白日的热气，缓缓消停下来；微凉的风，丝丝吹过。纳凉的人，东一堆，西一群，集结在一起，月下闲聊。聊世事，聊人情，聊东家长西家短。空气中，充满了融融的气氛。聊得累了，声音便渐渐息去，场地一片寂静。

　　这个时候，高悬天空的月亮，便成了那个夜晚的主角。

　　夜很静，月亦静。许多人，仰躺在草席上，痴痴地望着天上的月亮。他们在想什么？没有人知道。也许，正在想着与月亮相关的事情，比如嫦娥，比如吴刚，再比如月亮上的那棵桂树；也许只是想着自己的心事，与月亮无关，月亮仅仅是一种寄托。不过，望着，就好。望着天上的那一轮明月，思想变得极其散漫；散漫，则成为此时最美的一种享受。

　　月亮，有时只属于一个人，"一个人的月亮"，便显得特别幽俏。

　　常常夜半醒来，举首望窗，月光，恰好洒在窗纸上。洁白的道林纸，洁白的月光，有一种白玉般的

明净感。虽然看不见天上的那一轮明月，但内心的联想，却会使月亮更加丰满，更加皎洁明净，更是充满了神奇的幻想。窗外，恰有一株石榴树，石榴树碎碎的影子，投在窗口的上部，微风吹过，摇曳乱离，些许的幽幻，更是增加了夜的幽深，便觉得这个月夜，愈加迷离。随着时间的推移，月光由满格，渐至半满；半满的窗纸，一半明一半暗，世界仿佛也分成了两半。月渐沉，月色也在发生着变化，由洁白讲而成润黄，润黄的光，软软的，抚慰着人的心，于是，这个月夜就显得特别柔和而丰润，让人沉醉不已。

这个时候的我，内心就觉得特别宁静、明净，世间如斯，人生圆满，静好极了。

宋建炎三年秋，李清照的丈夫赵明诚，因病卒于建康，李清照大病一场。病起后，李清照写下了《山花子》："病起萧萧两鬓华，卧看残月上窗纱。豆蔻连梢煎熟水，莫分茶。枕上诗书闲处好，门前风景雨来佳。终日向人多酝藉，木犀花。"记其病情，记其彼时萧索的心情。

"卧看残月上窗纱"，呆呆的，痴痴的，大好。一个人，静卧床头，看着一弯残月，缓缓地爬上窗纱，是何等寂寞而孤独？内心的忧伤，便全融在这窗纱残月上了。亦幻亦真，那情景，那氛围，那一弯残月，只是属于李清照一个人的。她在想什么？

月缺，等待着月圆？多少年后，犹然让我们怀思不已——南宋，词人眼中的那一弯残月。

高格美句：

照应文题。在解读李清照词句的同时，也解读了文题的内涵韵味，以略带淡淡哀伤的文字，深化了文思。

最美修辞：

运用比喻的手法，将南宋时期的中国比作残月。残缺之物常能激发人的诗兴，南宋山河的残破在词人眼中，与月亮的残缺一样，都能唤醒人的诗意思维。言辞隐晦的比喻，却包含多重意蕴。

暮色中的炊烟

迟子建

炊烟是房屋升起的云朵，是劈柴化成的幽魂。

它们经过了火光的历练，又钻过了一段漆黑的烟道后，一旦从烟囱中脱颖而出，就带着股超凡脱俗的气质，宁静、纯洁、轻盈、缥缈。

炊烟总是上升的，它的气息是天空最为熟悉的了。但也有的时候气压过于低，炊烟徘徊在屋顶，我们就会嗅到它的气息。那是一种草木灰的气息，有点微微的涩，涩中又有一股苦香，很耐人寻味。

这缕涩中杂糅着苦香的气息，常让我忆起一个与炊烟有关的老女人的命运。

在北极村的姥姥家居住的时候，我喜欢趴在东窗去望外面的风景。从东窗，还能看见她家的木刻楞房屋。这座房屋的主人是个俄罗斯老太太，我们都叫她老毛子。她是斯大林时代避难过来的，她嫁了一个中国农民，是个马夫，生了两个儿子，那个在北极村的儿子为她添了个孙子，叫秋生。秋生呆头呆脑的，他只知道像牛一样干活，见了人只是笑，不爱说话，就是偶尔跟人说话也是说不连续。秋生不像他的父母很少登老毛子的门，他三天两头就来看望他的奶奶。除了他，老毛子那里再没别人去了。

那时中苏关系比较紧张，苏联的巡逻机常常嗡嗡地叫着在低空盘旋，我方的巡逻艇也常在黑龙江上徘

徊。不过两国的百姓却是友好的，我们到江边洗衣服或捕鱼，如果看见界河那侧的江面上有小船驶过，而那船头又站着人的话，他们就会向我们招手，我们也会向他们招手。

那时村中的人很忌讳和她来往，因为一不留神，就会被戴上一顶"苏修特务"的帽子。她也不喜欢与村中人交往，从不离开院门，只待在家里和菜园中。她个子很高，虽然年纪大了，但一点儿也不驼背。她喜欢穿一条黑色的曳地长裙，戴一条古铜色三角巾，她脸上的皮肤非常白皙，眼帘深深凹陷，那双碧蓝的眼睛看人时非常清澈。我姥姥不喜欢我和她说话，但有两次隔着栅栏她吆喝我去她家玩，我就跃过栅栏，跟着她去了。我至今记得她的居室非常整洁，北墙上悬挂着一个挂钟，挂钟下面是一张紫檀色长条桌，桌上喜欢摆着两个碟子，一个装着蚕豆，一个装着葵花子，此外还有一个茶壶，一个茶盅和一副扑克牌。这桌子上的东西展现了她家居生活的情态，喝茶，吃蚕豆，嗑瓜子，摆扑克牌。她把我领到家后，喜欢把我抱起，放在一把椅子上。我端端正正地坐着的时候，她就为我抓吃的去了。蚕豆、瓜子是最常吃的，有时也会有一块糖。与她熟了以后，她就教我跳舞，她喜欢站在屋子中央，扬起胳膊，口中哼唱着什么，原地旋转着。

她旋转的时候那条黑色的裙子就鼓胀起来了，有如一朵盛开的牵牛花。北极村的很多老太太都缠过足，走路扭扭摆摆的，且都是小碎步；而老毛子却是个大脚片子，她走起路来又稳又快。我那时把她爱跳舞归结于她拥有一双自由的脚，并不知道一双脚的灵魂其实是在心上。

那些不上她家串门的邻居，其实对老毛子也是关心的。他们从两个途径关心着她：一个是秋生，一个

最美修辞：

运用比喻的修辞手法，将老太太的裙子比作牵牛花，形象地刻画出她旋转舞动时，裙子飞扬飘动的形态，也衬托出老太太跳舞时的美。

高格美句：

爱跳舞是因为有自由的脚，而脚的灵魂又在心上，曲折隐晦的文字，实际在刻画老太太心灵的自由之美。

就是炊烟了。人们见了秋生会问他："秋生，你奶奶身体好吗？"秋生嘿嘿地笑，人们就知道老毛子是硬朗的。而我姥姥更喜欢从老毛子家的烟囱观察她的生活状况，那炊烟总是按时按晌地从屋顶升起，说明她生活得有滋有味的，很有规律。大家也就很放心。

老毛子在冬季时静悄悄地死了，她是孤独地离开这个冰雪世界的。那几天秋生没过来，人们是通过她家的烟囱感觉她出了事的。住在她家后面的人家，每天早晚抱柴生火时，总是习惯性地看一眼老毛子的烟囱，结果她连续几天都没有发现那烟囱冒出一缕炊烟，知道老毛子大事不好了。于是喊来她的家人，进屋一看，老毛子果然已经僵直在炕上了。

从那以后，我再也没有在暮色苍茫的时分看到过那幢房屋飘出炊烟，尽管村子里其他房屋的炊烟仍然妖娆地升起，但我总觉得最美的一缕已经消逝了。

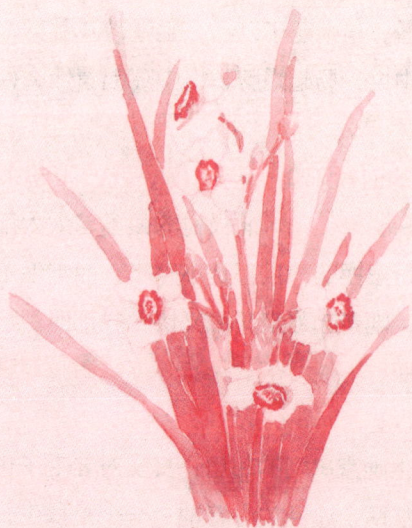

高格美句：

"最美的一缕已经消逝"，以炊烟喻俄罗斯老太太，顿时令"炊烟"富有了象征意味：炊烟平凡、宁静、纯洁而又自由的特征，正与老太太的性格相合，炊烟的一生也是老太太的一生，暮色中的炊烟正是暮年老太太的写照。结尾深化中心，紧扣文题，使得文章内在意蕴完整，浑然一体。

我心有猛虎，而你只要一枝蔷薇

112

海棠花

/季羡林

早晨到研究所去的路上，抬头看到人家的园子里正开着海棠花，缤纷烂漫地开成一团。这使我想到自己故乡院子里的那两棵海棠花，现在想也正是开花的时候了。

我虽然喜欢海棠花，但却似乎与海棠花无缘。自家院子里虽然就有两棵，但是要到记忆里去搜寻开花时的情景，却只能搜到很少几个片段。

记得有一个晚上同几个同伴在家南边一个高崖上游玩，向北看，看到一片屋顶，其中纵横穿插着一条条的空隙，是街道。虽然也可以幻想出一片海浪，但究竟单调得很。可是在这一片单调的房顶中却蓦地看到一树繁花的尖顶，绚烂得像是西天的晚霞。当时我真有说不出的高兴，其中还夹杂着一点儿渴望，渴望自己能够走到这树下去看上一看。于是我就按着这一条条的空隙数起来，终于发现，那就是自己家里那两棵海棠树。我立刻跑下崖头，回到家里，站在海棠树下，一直站到淡红的花团渐渐消逝到黄昏里去，只朦胧留下一片淡白。

但是这样的情景只有过一次，其余的春天我都是在北京度过的。

北京是古老的都城，尽有许多机会可以作赏花的韵事，但是自己却很少有这福气。我只到中山公园去

　　看过芍药，到颐和园去看过一次木兰。此外，就是同一个老朋友在大毒日头下面跑过许多条窄窄的灰土街道到崇效寺去看过一次牡丹；又因为去得太晚了，只看到满地残英。至于海棠，不但是很少看到，连因海棠而出名的寺院似乎也没有听说过。北京的春天是非常短的，短到几乎没有。最初还是残冬，可是接连吹上几天大风，再一看树木都长出了嫩绿的叶子，天气陡然暖了起来，已经是夏天了。

　　夏天一来，我就又回到故乡去。院子里的两棵海棠已经密密层层地盖满了大叶子，很难令人回忆起这上面曾经开过团团滚滚的花。晚上吃过饭后，就搬了椅子坐在海棠树下乘凉，从叶子的空隙处看到灰色的天空，上面嵌着一颗一颗的星。结在海棠树下檐边中间的蜘蛛网，借了星星的微光，把影子投在天幕上。一切都是这样静。这时候，自己往往什么都不想，只让睡意轻轻地压上眉头。等到果真睡去半夜里再醒来的时候，往往听到海棠叶子窸窸窣窣地直响，知道外面下雨了。

　　似乎这样的夏天也没有能过几个。六年前的秋天，当海棠树的叶子渐渐地转成淡黄的时候，我离开故乡，来到了德国。一转眼，在这个小城里，就住了这么久。我们天天在过日子，却往往不知道日子是怎样过的。以前在一篇什么文章里读到这样一句话："我们从现在起要仔仔细细地过日子了。"当时颇有同感，觉得自己也应立刻从即时起仔仔细细地过日子了。但是过了一些时候，再一回想，仍然是有些捉摸不住，不知道日子是怎样过去的。到了德国，更是如此。我本来是下定了决心用苦行者的精神到德国来念书的，所以每天除了钻书本以外，很少想到别的事情。可是现实的情况又不允许我这样做。而且祖国又时来入梦，使我这万里外的游子心情不能平静。就这样，在幻想和现实之间，在祖国和异域之间，我的思想在挣扎着。不知道怎样一来，一下子就过了六年。

哥廷根是有名的花城。来到这里的第一个春天，这里花之多，就让我吃惊。家家园子里都挤满了花。五颜六色，锦似的一片。但是我却似乎一直没注意到这里也有海棠花。原因是，我最初只看到满眼繁花。多半是叫不出名字。"看花苦为译秦名"，我也就不译了。因而也就不分什么花什么花，只是眼花缭乱而已。

但是，真像一个奇迹似的，今天早晨我竟在人家园子里看到盛开的海棠花。我的心一动。仿佛刚睡了一大觉醒来似的，蓦地发现，自己在这个异域的小城里住了六年了。乡思浓浓地压上心头，无法排解。

在这垂尽的五月天，当心里填满了忧愁的时候，有这么一团十分浓烈的乡思压在心头，令人感到痛苦。同时我却又爱惜这一点儿乡思，欣赏这一点儿乡思。她使我想到：我是一个有故乡和祖国的人。故乡和祖国虽然远在天边，但是现在填满却近在眼前。我离开它们的时间愈远，它们却离我愈近。我的祖国正在苦难中，我是多么想看到它呀！把祖国召唤到我眼前来的，似乎就是这海棠花，我应该感激它才是。

晚上回家的路上，我又走过那个园子去看海棠花。它依然同早晨一样，缤纷烂漫地开成一团。它似乎一点儿也不理会我的心情。我站在树下，待了半天，抬眼看到西天正亮着海棠花一样红艳的晚霞。

清秋书简

115

报岁兰

林清玄

花市摆出了一长排的报岁兰。一小部分正在盛开，大部分是结着花苞，等待年风一吹，同时开放。

报岁兰有一种极特别的香气。那香轻轻细细的，但能在空气中流荡很久，所以在乡下有一个比较土的名字"香水兰"。因为它总是在过年的时候开，又叫作"年兰"。在乡下，"年兰"和"年柑"一样，是家家都有的。

童年时代，每到过年，我们祖宅的大厅里，总会摆几盆报岁兰和水仙。浅黄浅红的报岁兰和鲜嫩鲜白的水仙，一旦贴上红色对联，就成为一个色彩丰富的年景了。

乡下四合院，正厅就是祖厅，日日都要焚烧香烛。檀香的气息和报岁兰、水仙的香味混合着，就成为一种格外馨香的味道，让人沉醉。我如今想起祖厅，仿佛马上就闻到那个味道，新鲜如昔。

我们家的报岁兰和水仙花都是父亲亲手培植的。父亲虽是乡下平凡的农夫，但他对种植作物似乎有特殊的天生才能，只要是他想种的作物很少长不成功的。父亲在世的时候，我们家的农田经营非常多元，他种了稻子、甘蔗、香蕉、竹子、槟榔、椰子、莲雾、橘子、柠檬、番薯，乃至于青菜。中年以后，他还开辟了一个占地达四百甲的林场，对于作物的习性可以说了如指掌。

我小学六年级的时候，父亲不知从哪里知道了种花可以赚钱，在我们家的后院开建了一个广大的花园，努力地培育两种花：一种是兰花，一种是玫瑰花。那时父亲对花卉的热爱到了着迷的程度，经常看花卉的书籍到深夜，自己研究花的配种，有一年他种出了一种"黑色玫瑰"，兴奋非常。那玫瑰虽不是纯黑色，但它如深紫色的绒布，接近于黑的程度。

对于兰花，他的心得更多。我们家种兰花的竹架占地两百多坪，一盆盆兰花吊在竹架上。父亲每天下田前和下田以后都待在他的兰花园里。田地收成后的余暇，他就带着一把小铲子独自到深山去，找寻那些野生的兰花，偶有收获，总是欢喜若狂。

在爱花种花方面，我们兄弟都深受父亲的影响，是由于幼年开始就常随父亲在花园中整理花圃的缘故。但是在记忆里，父亲从未因种花而得到什么利润，倒是把兰花的幼根时常送给朋友，或者用野生兰花和朋友交换品种。我们家的报岁兰就是朋友和他交换得来的。

父亲生前最喜欢的兰花有三种：一是报岁兰，一是素心兰，一是羊角兰。他种了不少名贵的兰花，为何独爱这三种兰花呢？

记得有一次他对我说："有很多兰花很鲜艳很美，可是看久了就俗气；有一些兰花是因为少而名贵，其实没什么特色；像报岁、素心、羊角虽然颜色单纯，算是普通的兰花，可是它朴素，带一点儿喜气，是兰花里面最亲切的。"父亲的意思仿佛是说：朴素、喜乐、亲切是人生里最可贵的特质。这些特质也是他在人生里经常表现出来的特色。

我对报岁兰的喜爱就是那时种下的。

父亲种花的动机原是为增加收入，后来却成为他最重要的消遣。父亲没有什么特别的嗜好，只是喜欢

运用比喻的修辞手法，将黑玫瑰比作深紫色的绒布，既形象地描摹出玫瑰的颜色，又生动地写出了花瓣如绒布般绒密柔软的质地。

清秋书简

117

喝茶、种花、养狗。这三种嗜好一直维持到晚年。他住院的前几天还是照常去公园喝老人茶，到花圃去巡视。

中学的时候，我们家搬到新家。新家是在热闹的街上。既没有前庭，也没有后院，父亲却在四楼顶楼搭了竹架，继续种花。我最记得搬家的那几天，父亲不让工人动他的花，他亲自把花放在两轮板车上，一趟一趟拉到新家，因为他担心工人一个不小心，会把他钟爱的花折坏了。

搬家以后，父亲的生活步调并没有改变，他还是每天骑他的老爷脚踏车到田里去。每天晨昏则在屋顶平台上整理他的花圃。虽然阳台缺少地气，父亲的花卉还是种得非常的美，尤其是报岁兰，一年一年地开。

报岁兰要开的那一段时间，差不多是学校里放寒假的时候。我从小就在外求学，只是寒暑假才有时间回乡陪伴父亲。报岁兰要开的那一段日子，我几乎早晚都陪父亲整理花园。有时父子忙了半天也没说什么话，父亲会突然冒出一句："唉！报岁兰又要开了，时间真是快呀！"父亲是生性乐观的人，他极少在谈话里用感叹号，所以我每听到这里就感慨极深，好像触动了时间的某一个枢纽，使人对成长感到一种警觉。

报岁兰真是准时的一种花，好像不过年它就不开，而它一开就是一年已经过去了。

新年过不久，报岁兰又在时间中凋落。这样的花，它的生命好像只有一个特定的任务，就是告诉你："年到了，时间真是快呀！"从人的一生中，无常还不是那么迫人的，可是像报岁兰，一年的开放就是一个鲜明的无常。虽然它带着朴素的颜色、喜乐的气息、亲切的花香同时来到，在过完新年的时候，还

最美修辞：

拟人的手法，将报岁兰赋予人的"惆怅"情绪，更为生动鲜明地表现了报岁兰一岁一开的生命中蕴含的无常，花的惆怅实则也是人的惆怅，暗含着作者对生命无常的叹惋。

是掩不住它的惆怅。

就像父亲，他的音容笑貌时时从我的心里映现出来。我在远方想起他的时候，这种映现一如他生前的样子，可是他已经不在这个世上了。我知道，我忆念的父亲的容颜虽然相同，其实忆念的本身已经不同了，就如同老的报岁兰凋谢，新的开起，样子、香味、颜色没什么不同，其实中间已经过了整整的一年。

偶然路过花市，看到报岁兰，想到父亲种植的报岁兰。今年那些兰花一样地开，还是要摆在贴了红色春联的祖厅。唯　不同的是祖厅的神案上多了父亲的牌位，墙上多了父亲的遗照。我们失去了最敬爱的父亲。这样想时，报岁兰的颜色与香味中带着一种悲切的气息：唉！报岁兰又开了，时间真是快呀！

高格美句：
　　与前文描述的过年时摆报岁兰的情形进行对比，渲染出一种物是人非之感，委婉地表达出对父亲的怀念，倍增哀伤之情。

听雨

/ 季羡林

从一大早就下起雨来。下雨，本来不是什么稀罕事儿，但这是春雨，俗话说："春雨贵似油。"而且又在罕见的大旱之中，其珍贵就可想而知了。

"润物细无声"，春雨本来是声音极小极小的，小到了"无"的程度。但是，我现在坐在隔成了一间小房子的阳台上，顶上有块大铁皮。楼上滴下来的檐溜就打在这铁皮上，打出声音来，于是就不"细无声"了。按常理说，我坐在那里，同一种死文字拼命，本来应该需要极静极静的环境，极静极静的心情，才能安下心来，进入角色，来解读这天书般的玩意儿。这种雨敲铁皮的声音应该是极为讨厌的，是必欲去之而后快的。然而，事实却正相反。我静静地坐在那里，听到头顶上的雨滴声，此时有声胜无声，我心里感到无量的喜悦，仿佛饮了仙露，吸了醍醐，大有飘飘欲仙之概了。

这声音时慢时急，时高时低，时响时沉，时断时续，有时如金声玉振，有时如黄钟大吕，有时如大珠小珠落玉盘，有时如红珊白瑚沉海里，有时如弹素琴，有时如舞霹雳，有时如百鸟争鸣，有时如兔落鹘起，我浮想联翩，不能自已，心花怒放，风生笔底。死文字仿佛活了起来，我也仿佛又溢满了青春活力。我平生很少有这样的精神境界，更难为外人道也。在中国，听雨本来是雅人的事。我虽然自认还不是完全的俗人，但能否就算是雅人，却还很难说。我大概是介乎雅俗之间的一种动物吧。中国古代诗词中，关于听雨的作品是颇有一些的。顺便说上一句，外国诗词中似乎少见。我的朋友章用回忆表弟的诗中有："频梦春池添秀句，每闻夜雨忆联床。"是颇有一点儿诗意的。连《红楼梦》中的林妹妹都喜欢李义山的"留得枯荷听雨声"之句。最有名的一首听雨的词当然是宋蒋捷的《虞美人》，词不长，我索性抄它一下：少年听雨歌楼上，红烛昏罗帐。壮年听雨客舟中，江阔云低，断雁叫西风。而今听雨僧庐下，鬓已星星也。悲欢离合总无情，一任阶前，点滴到天明。

　　蒋捷听雨时的心情，是颇为复杂的。他是用听雨这一件事来概括自己的一生的，从少年、壮年一直到老年，达到了"悲欢离合总无情"的境界。但是，古今对老的概念，有相当大的悬殊。他是"鬓已星星也"，有一些白发，看来最老也不过五十岁左右。用今天的眼光看，他不过是介乎中老之间，用我自己比起来，我已经到了望九之年，鬓边早已不是"星星也"，顶上已是"童山濯濯"了。要讲达到"悲欢离合总无情"的境界，我比他有资格。我已经能够"纵浪大化中，不喜亦不惧"了。

　　可我为什么今天听雨竟也兴高采烈呢？这里面并没有多少雅味，我在这里完全是一个"俗人"。我想到的主要是麦子，是那辽阔原野上的青青的麦苗。我生在乡下，虽然6岁就离开，谈不上干什么农活，但是我拾过麦子，捡过豆子，割过青草，劈过高粱叶。我血管里流的是农民的血，一直到今天垂暮之年，毕生对农民和农村怀着深厚的感情。农民最高希望是多打粮食。天一旱，就威胁着庄稼的成长。即使我长期住在城里，下雨一少，我就望云霓，自谓焦急之情，绝不下于农民。北方春天，十年九旱。今年似乎又旱得邪行。我天天听天气预报，时时观察天上的云气。忧心如焚，徒

唤奈何。在梦中也看到的是细雨蒙蒙。

今天早晨，我的梦竟实现了。

我坐在这长宽不过几尺的阳台上，听到头顶上的雨声，不禁神驰千里，心旷神怡。在大大小小高高低低，有的方正有的歪斜的麦田里，每一个叶片都仿佛张开了小嘴，尽情地吮吸着甜甜的雨滴，有如天降甘露，本来有点儿黄萎的，现在变青了。本来是青的，现在更青了。宇宙间凭空添了一片温馨，一片祥和。

我的心又收了回来，收回到了燕园，收回到了我楼旁的小山上，收回到了门前的荷塘内。我最爱的二月兰正在开着花。它们拼命从泥土中挣扎出来，顶住了干旱，无可奈何地开出了红色的白色的小花，颜色如故，而鲜亮无踪，看了给人以孤苦伶仃的感觉。在荷塘中，冬眠刚醒的荷花，正准备力量向水面冲击。水当然是不缺的。但是，细雨滴在水面上，画成了一个个的小圆圈，方逝方生，方生方逝。这本来是人类中的诗人所欣赏的东西，小荷花看了也高兴起来，劲头更大了，肯定会很快地钻出水面。

我的心又收近了一层，收到了这个阳台上，收到了自己的腔子里，头顶上叮当如故，我的心情怡悦有加。但我时时担心，它会突然停下来。我潜心默祷，祝愿雨声长久响下去，响下去，永远也不停。

最美修辞：

运用拟人的修辞手法，将麦子人格化，生动地描绘其接受雨露浇灌时的情形，给人以亲切活泼之感。此外，作者身处城市，却以想象的虚笔描摹雨中遥远的乡村麦田的情形，虚实结合，令文章意境更加开阔。

我心有猛虎，而你只要一枝蔷薇

122

闲读梧桐

余秋雨

● 标题赏味：

"闲读梧桐"，"梧桐"可"读"，这本身隐含了一个比喻，将梧桐比作书本，暗示其蕴含丰富，值得品味咀嚼。一个"读"字点亮标题，赋予题目以诗意，并透出几分哲理意蕴。

梧桐就在我们住的那幢楼的前面，在花圃和草地的中央，在曲径通幽的那个拐弯处，整日整夜地与我们对视。

它要比别处的其他树大出许多，足有合抱之粗，如一位"伟丈夫"，向空中伸展；又像一位矜持的少女，繁茂的叶子如长发，披肩掩面，甚至遮住了整个身躯。

我猜想，当初它的身边定然有许多的树苗和它并肩成长，后来，或许因为环境规划需要，被砍伐了；或许就是它本身的素质好，顽强地坚持下来。它从从容容地走过岁月的风雨，高大起来了。闲来临窗读树已成为我生活中的一部分了。

某日，母亲从北方来信：寒潮来了，注意保暖御寒。入夜，我便加了一床被子。果然，夜半有呼风啸雨紧叩窗棂。我从酣梦里惊醒，听到那冷雨滴落空阶如原始的打击乐。于是无眠，想起家信，想起母亲说起的家谱，想起外祖父风雨如晦的际遇。

外祖父是地方上知名的教育家，一生两袖清风献给桑梓教育事业，放弃了几次外聘高就的机会。然而，在那史无前例的岁月里，他不愿屈从于非人的折磨，在一个冷雨的冬夜，饮恨自尽。我无缘见到他老人家，只是从小舅家读到一张黑色镜框里肃然的面容。我不敢说画师的技艺有多高，只是坚信那双眼睛

最美修辞：

运用比喻的修辞手法，将梧桐比作伟丈夫，形象地写出梧桐树的粗壮，又将它比作少女，将叶子比作长发，则是极言梧桐树枝叶繁盛的特点。

清秋书简

123

是传了神的。每次站到它眼前，总有一种情思嫒传于我，冥冥之中，与我的心灵默默碰撞。浮想联翩，伴以风雨大作，了无睡意，就独自披衣临窗。夜如墨染，顷刻间我也融入这浓稠的夜色中了。惊奇地发现，天边竟有几颗寒星眨巴着瞌睡的眼！先前原是错觉，根本就没有下雨，只有风，粗暴狂虐的北风。

最美修辞：

运用拟人的手法，"寒星眨眼"是将星星人格化，显得活泼亲切，瞬间为"冷雨的冬夜"注入了几许生气。

这时，最让我"心有戚戚"的便是不远处的那株梧桐了。只能依稀看到它黛青色的轮廓，承受着一份天边的苍凉。阵风过处，是叶叶枝枝互相簇拥颤起的呼号，时而像俄罗斯民谣，时而像若有若无的诗歌。不知怎的，外祖父的遗像又蓦然浮上眼帘，似与这株沉默的梧桐有种无法言喻的契合。不求巨臂擎天，但也有荫庇一方的坦荡。

次日醒来，红日满窗，竟是大晴。

惦念的是那一树黄叶。推开窗棂，读到的树竟是一个显山露水的甲骨文字。没有昨日那遮天蔽日的叶子，剩下的是虬树挺干。

我的心像是被谁搁上了一块沉重的冰，无法再幻作一只鸟，向那棵树飞去了。这一夜的风呵，就凋零了满树的生命！而风又能奈你何，坠落的终要坠落，无须挽留，你还有一身傲骨与春天之前的整个冬季抗争！

高格美句：

文题为"闲读梧桐"，此处紧扣标题，对梧桐的寂寞进行解读，认为那并不是对逆境的屈服，相反却是一种对抗逆境后的从容淡泊。语言清丽自然，句式散整结合，长短相间，在点明文章主旨的同时将之提升至禅学的高度。

于是，我读懂了梧桐的寂寞。不是慨叹韶华流逝的漠然，不是哀怨人潮人海中的孤寂，而是一种禅意，一种宁静如虚空的玄奥。服从自然又抗衡自然，洞悉自然又糊涂自然，任风雕雨蚀，四季轮回，日月如晦，花开花落，好一种从容淡泊的大度！不禁又感慨起外祖父的英年早逝，悲哀起他屈从天命的无奈，悲哀起那个年代里的人们。

又是一阵熟悉的树叶婆娑的沙沙声响，亲切地叩击着耳鼓。俯目望去，一个红衣女孩雀跃在那黄叶覆

盖的小径，那模样似乎每一片叶子都在为她青春的步
履伴奏。

　　此刻，我的窗台上，扑进一阕蓬松的阳光，洒在
案前昨夜未曾合上的一卷旧书上。

燕子

/ 席慕蓉

初中的时候，学会了那一首《送别》的歌，常常唱："长亭外，古道边，芳草碧连天……"有一个下午，父亲忽然叫住我，要我从头再唱一遍。很少被父亲这样注意过的我，心里觉得很兴奋，赶快再从头来好好地唱了起来：

"长亭外，古道边……"

刚开了头，就被父亲打断了，他问我："怎么是长亭外？怎么不是长城外呢？我一直以为是长城外啊！"

我把音乐课本拿出来，想要向父亲证明他的错误。可是父亲并不要看，他只是很懊丧地对我说："好可惜！我一直以为是长城外，以为写的是我们老家，所以第一次听这首歌时就特别地感动，并且一直没有忘记，想不到竟然这么多年是听错了，好可惜！"

父亲一连说了两个好可惜，然后就走开了，留我一个人站在空空的屋子里，不知道如何是好。

前几年刚搬到石门乡间的时候，我还怀着凯儿，听医生的嘱咐，一个人常常在田野间散步。那个时候，山上还种满了相思树，苍苍翠翠的，走在里面，可以听到各种各样的小鸟的鸣声。田里面也总是绿意盎然，好多小鸟也会很大胆地从我身边飞掠而过。

我就是那个时候看到那一只孤单的小鸟的，在

我心有猛虎，而你只要一枝蔷薇

126

田边的电线杆上，在细细的电线上，它安静地站在那里，黑色的羽毛，像剪刀一样的双尾。

"燕子!"我心中像触电一样地呆住了。可不是吗?这不就是燕子吗?这不就是我从来没有见过的燕子吗?这不就是书里说的、外婆歌里唱的那一只燕子吗?

在南国的温热的阳光里，我心中开始一遍又一遍地唱起外婆爱唱的那一首歌来了:

"燕子啊! 燕子啊! 你是我温柔可爱的小小燕子啊……"

在以后的好几年里，我都会常常看到这种相同的小鸟，有的时候，我是牵着慈儿，有的时候，我是抱着凯儿，每一次，我都会兴奋地指给孩子看: "快看! 宝贝，快看! 那就是燕子，那就是妈妈最喜欢的小小燕子啊! "

怀中的凯儿正咿呀学语，香香软软的唇间也随着我说出一些不成腔调的儿语。天好蓝，风好柔，我抱着我的孩子，站在南国的阡陌上，注视着那一只黑色的安静的飞鸟，心中充满了一种朦胧的欢喜和一种朦胧的悲伤。

一直到了去年的夏天，因为内政部的邀请，我和几位画家朋友一起，到南部国家公园去写生，在一本报道垦丁附近天然资源的书里，我看到了我的燕子。图片上的它有着一样的黑色羽毛，一样的剪状的双尾，然而，在图片下的注释和说明里，却写着它的名字是"乌秋"。

在那个时候，我的周围有着好多的朋友，我却在忽然之间觉得非常孤单。在我的朋友里，有好多位在这方面很有研究心得的专家，我只要提出我的问题，一定可以马上得到解答，可是，我在那个时候唯一的反应，却只是把那本书静静地合上，然后静静地走了出去。

最美修辞:

运用比喻的手法，将小鸟的尾巴比作剪刀，生动地描摹出其双尾的形态。

高格美句:

"朦胧的欢喜"是因为儿时外婆给自己唱歌，唱到了燕子，此时注视着南国的"燕子"，回想起和故乡亲人在一起的快乐日子，时间虽然久远，但值得回味; "朦胧的忧伤"是因为注视着南国的"燕子"，燕子寄托了作者浓浓的乡情，心中觉得孤寂和伤感，无法排解。

清秋书简

127

在那一刹那，我忽然体会出来多年前的那一个下午，父亲失望的心情了。其实，不必向别人提出问题，我自己心里也已经明白了自己的错误。但是，我想，虽然有的时候，在人生的道路上，我们是应该面对所有的真相，可是，有的时候，我们实在也可以保有一些小小的美丽的错误，与人无害，与世无争，却能带给我们非常深沉的安慰的那一种错误。

我实在是舍不得我心中那一只小小的燕子啊!

我心有猛虎，而你只要一枝蔷薇

高格美句：

　　"错误"之所以是"美丽"的，是因为它们与人无害、与世无争，能带给我们非常深沉的安慰，排解我们远在他乡的孤寂，缓解我们的思乡之苦。文章卒章显志，直抒胸臆，于质朴中见哲理。

螟蛉虫

/ 周建人

● 标题赏味:

全文围绕螟蛉虫进行记叙、议论和考据，以"螟蛉虫"为题，高度凝练了文章的核心主题，简洁明了。

夏天的早晨，太阳光从窗口射进来，照得房间里面很亮，窗门口常常看到小虫豸。有一种小蜂子，特别引起我的注意。它比做倒挂莲蓬形的窠之抛脚黄蜂，又称九里蛤的，要小些，颜色是黑的，也不像九里蛤的呈黄色。但腰也很细，肚皮尖端也是尖尖的。它常常飞到窗门口的太阳光下面，停在窗门框上，动着它的肚皮，好像在想些什么或计划什么似的。

那时候我年纪还很小，因为夏天起床很早，早饭前须先吃些点心。有一天向窗前的桌子上拿糕时，又看见那种使人注意的小蜂子，祖母脱口说出来："螟蛉虫，又来了。"我于是知道它叫螟蛉虫，这名字，我一听到就永远不会忘记它。

以后，我常常遇见螟蛉虫，有时候它在种荸荠的小缸的边上走。走过去，又回转来，好像在找寻些什么。有时候同样的在荷花缸边上徘徊。我的故乡的住屋，窗门外面有明堂，种些荷花及别的花草及小树，荸荠虽然不会开美丽的花，可是它的碧绿的像筷子粗的秆子，一丛生出来，像茂密的竹林，很好看的，不过竹有枝条，它没有枝。这细长的，空管子似的秆子里面有密密的横隔，如果用手指把它捺扁，便发出清脆的唧唧的声音。荷花是许多人家爱栽种的花卉，它的圆形的大叶，上面生着蜡质的毛丛，遇水不会濡湿

最美修辞:

将荸荠丛生的秆与竹林进行类比，形象地描画出荸荠秆子碧绿挺直的形态，同时以竹作比，还赋予荸荠秆几分诗意。

的。水滴在叶上滚来滚去像"走盘珠"。花大而好看，有清香。它的大叶与有清香的花早上舒展开来，使人见了觉得清凉。

螟蛉虫不但在荸荠缸边或茶花缸边行走，有时候头朝着缸里的烂泥注意地看，或者用嘴去咬。一会儿，它去了，但不久又回转来。再来缸边行走，好像在寻找些什么东西。它找寻些什么呢？不是咬烂泥吗？因为缸边常有烂泥露出水上的。

不久，我在明堂里朝南的窗格上看见了许多约莫榛子大的泥房，下端放在窗格的木条上，当然是平的，上面呈圆形。仔细看时，可以看出是由一粒粒的小泥粒堆成的。螟蛉虫嘴里把泥土含去，拌和唾液，去造成这种养儿子的小圆房。

螟蛉虫不但早上有得看见，傍晚也有遇到。夏天的时候，一家人常在明堂即天井里吃晚饭的。天还没有暗，但太阳已没有了，排好桌子与椅子，预备吃饭时，屋檐旁边的蜘蛛也出来赶忙修网了。修好网，准备捉生物吃。

它修好网，或者还未修好，螟蛉虫也来了。

它这时候不到荷花缸边去行走，却飞往蜘蛛网边去冲撞。一撞，二撞，或者接连三四地撞上去。当初我疑心螟蛉虫看不见网，错撞上去的。

但几次以后，我觉得它是有计划地冲撞了。蝴蝶、蜜蜂等是常常撞到蜘蛛的网上去的，它们真是由于错误，不是有意的。它们一撞之后，常被丝粘住。用力挣扎企图逃走时，蜘蛛便赶过去，急忙放出丝来，用脚向落了陷阱的牺牲者的身上缚过去。如果被捕的是蝴蝶，它便站在近旁接连地缚；如果是蜜蜂，它急忙用丝缚几转便逃开，少息又去缚几转，又逃开，好像知道它是劲敌，有针刺，可怕的。等到脚及翅膀等都已缚住，无法施展力时，它才敢站在近旁，再用丝密密地绑缚它的全身。

现在螟蛉虫朝着网去撞，分明不是出于错误，却是有意的，它往来其间从来不会被丝粘住。它如果撞一下，不见蜘蛛赶开去，就打一个小圈子，再撞上去。蜘蛛不赶过去倒也罢了，如果赶去捕捉它，那就上当了。螟蛉虫不知怎么一来，蜘蛛措手不及，反被捉了去。一落在螟蛉虫的手里，便无法脱逃，被拿去封在泥房里，给它的儿子做食粮。你如果拆开窗格上的泥房来看，常常封着大小恰好的蜘蛛。它不会动弹，但是活的。

你如果翻查讲昆虫的书籍来看，它会告诉你：那蜘蛛已被螟蛉虫用肚皮末端的针刺过，已经昏迷过去，但没有死去，所以藏在泥房里无害于它的卵，也不会腐烂的。我们把食物用盐腌了来保藏，晒干了来保藏，用蜜渍了来保藏，用冰冰了来保藏，做了罐头来保藏，螟蛉虫却用麻药麻醉了来保藏。这种保存方法真合用，它失了知觉，不会害它的幼子的，但没有死去，味道仍然新鲜，很好吃。你如果拆开泥房的时候已迟了，那么蜘蛛已没有了，却卧着一个带淡黄色的，身子弯曲的，一动也不动的蜂蛹。它就是将来变成螟蛉虫的前些时期蛹子，再过些时，就蜕壳变成螟蛉虫，钻通泥房跑出去。去看得再迟些时，泥房已有孔，里面只剩一些蜕下的皮壳之类，别的东西都不见了。

但螟蛉虫的泥房不是一定造在窗格子上的，因为种类有些不同。环境有些不同，也会造在别的地方，封在房里的活食粮也常常不相同。有一回我从一条树枝上拆开一个泥房来看，里面关的不是蜘蛛，却是几条尺蠖，而且很活泼的，不像麻醉的样子。莫非因为尺蠖不吃荤腥的东西，不会害螟蛉虫的儿了，所以用不着麻醉吗？

因为螟蛉虫种类不同，搜集给儿子吃的食粮的确常常不同的，有一回我看见一个螟蛉虫在拖一个紫油油的大蟑螂。螟蛉虫咬住它的一根长须，向后退走。起初蟑螂很有力气，螟蛉虫不但牵它不动，有时反被蟑螂牵动。但经过一个挣扎的时候，蟑螂渐渐颓唐了，力气渐渐没有了，好像有些脚软身麻，渐渐地随它牵走。

有一回我看见一个螟蛉虫拖一只较小形的八脚。八脚是蜘蛛类的动物，但不结网，比蟮子还要高大，脚粗长，体隆起。螟蛉虫咬住它的一脚。二方像拉绳似的用力拉，当初螟蛉虫常被八脚拉过去。螟蛉虫用力支撑住，不让它拉去过多的路。少息又拼命拉过来。经过一个挣扎时期以后，八脚力气渐渐不支，脚渐渐弯曲。莫非疲倦了吗？形状不像疲倦，简直像生病。也许已被螟蛉虫的针刺过了，现在毒发，遂不能

高格美句：

将螟蛉虫保藏蜘蛛与人类以各种方式保藏食物进行类比，生动形象。活泼的文字类比，将螟蛉虫人格化，显得亲切可爱，令一篇生物科学散文读来趣味盎然。

清秋书简

131

通过一系列动作细节的描写，将螟蛉虫捉八脚的过程，绘声绘色地展现出来，轻快的文字，令人格化的螟蛉虫愈加显得活泼调皮，增强了文章的趣味性。

够支持了。捕捉较大的动物之螟蛉虫身体也大些，可知它的儿子的食量也大些，所以食粮要贮藏得多些的。

好几年后，我看看古书，说有蜾蠃，腰细，常常捕捉小青岭，名叫螟蛉的，封在房里，若干日后，变为她的女儿，这话当然不对的，别的虫捉来在自己造的房里，怎样能够变成像自己的虫呢？这话说得不对，清朝嘉庆年间有一个学者，叫作郝懿行的已经观察过，他拆开蜾蠃的泥房来看，看出蜾蠃自己生有卵子，捉去的小青虫是给它吃的。他注的《尔雅义疏》里，这件事情说得很清楚，并且说古人说小青虫会变蜾蠃是因为古人观察得不精细，还要无凭无据地推测而来的。郝懿行真是一个细心的观察家。

讲到这里，我还有一句话要说明白，便是古时候本叫那小蜂子为蜾蠃，树上的小青虫为螟蛉的，现在却多叫蜾蠃为螟蛉虫了。我听到别人也都叫它螟蛉虫，可见它已成了普通名称。又有些地方还称蛉子为螟蛉子，可见还没有忘记普通传述的"螟蛉有子，蜾蠃负之"的意思。在科学上是完全不对的，不过也还觉得好玩与有"诗意"。

牛蒡花

[俄]列夫·托尔斯泰

● 标题赏味：

　　文章围绕"牛蒡花"，记叙了看花、采花、悼花、思花的过程，以"牛蒡花"为题，紧紧扣住了全文中心题旨，同时给人以一种田园的诗意美感。

　　我穿过田野回家，正是仲夏时节。草地已经割完了，黑麦刚要动手收割。

　　这正是万紫千红、百花斗妍的季节：红的、白的、粉红的、芬芳而且毛茸茸的三叶草花；傲慢的延命菊花；乳白的、花蕊黄澄澄的、浓郁袭人的"爱不爱"花；甜蜜蜜的黄色的山芥花；亭亭玉立的、郁金香形状的、淡紫的和白色的吊钟花；匍匐缠绕的豌豆花；黄的、红的、粉红的、淡紫的玲珑的山萝卜花；微微有点儿红晕的茸毛，和微微有些愉快香叶的车前草花；在青春时代向着太阳发着青辉的、傍晚即进入暮年、变得又蓝又红的矢车菊花，以及那娇嫩的、有点儿杏仁味的立即就衰萎的菟丝子花。

　　我采了一大束各种的花朵走回家去。这时，我看见沟里有一朵异样深红的、盛开着的牛蒡花，我们那里管它叫"鞑靼花"。割草人竭力避免割它，如果偶尔割掉一株，割草人怕它刺手，总是把它从草堆里扔出去。我忽然想要折下这枝牛蒡花把它放在花束当中。我走下沟去，把一只钻到花蕊中间、在那里正睡得甜蜜蜜懒洋洋的山马蜂赶走，就开始折花了。然而这却是非常困难的：且不说花梗四面八方地刺人，甚至刺透了我用来裹手的手巾——它并且是这样惊人坚韧，我得一丝丝地把纤维劈开，差不多同它搏斗了五分钟的光景。末了，我把那朵花折了下来。这时花梗

　　详细地描绘了"我"采摘牛蒡花的历程，略带夸张手法，极言折花的困难，突出牛蒡花性格的执拗不驯，为后文感叹生命抗争时的力量与顽强，埋下伏笔。

已经破碎不堪，并且花朵已经不那么鲜艳了。此外，由于它的粗犷和不驯，同花束中娇嫩的花朵也不协调。我惋惜我白糟蹋了一枝花。它本来在自己的位置上是好好的，于是把它扔掉了。"然而生命是多么富于精力和力量的呵。"我回忆折花时所费的气力，想道，"它是如何努力地防卫着，并且高价地牺牲了自己的生命啊。"

回家的道路，是在休耕的、刚刚犁过的黑土的田地中间穿过的。我沿着满是尘土的黑土路爬坡走着。犁过的田地是地主的，非常广大，道路两旁和前面斜坡上，除了黑色的、犁得均匀的、还没有耙过的休耕地之外，什么看不到。犁得很好，整个田地里连一棵小植物、一棵小草都看不见，全是黑色的。"人是一种多么善于破坏的残酷的动物呵，为了维护自己的生命，他毁灭了多少种动物和植物。"我一面想，一面不由得在这片精光的黑土地里找寻活的东西。在我前面道路的右边，发现一棵灌木。当我走近了的时候，我认出这棵灌木仍然是"鞑靼花"，跟我徒然把它的花折来并且扔掉的那棵一样。

这棵"鞑靼花"有三个枝杈。其中一枝已经断掉了，残枝像砍断的胳膊突出着。另外两枝都有一朵花。这两朵花原是红的，现在变黑了。一枝是断的，断枝头上有一朵沾了泥的花耷拉着；另一枝也涂抹了黑泥，但仍然向上扭着。看样子，整棵灌木曾被车轧过，过后才抬起头来，因此它歪着身子，但总算站起来了。就好像从它身上撕下一块肉，取出了五脏，砍掉了一只胳膊，挖去一只眼睛，但它仍然站起来，对那消灭了它周围弟兄们的人，决不低头。

"好大的精力！"我想道，"人战胜了一切，毁灭了成百万的草芥，而这一棵却依然不屈服。"

坚硬的荒原

[乌拉圭]
何塞·恩里克·罗多

坚硬的荒原，一望无际，灰茫茫的，朴实得连一条皱纹都没有。凄清，空旷，荒凉，寒冷，笼罩在铅似的穹隆下。

荒原上站着一位高大的老人：瘦骨嶙峋，古铜色的脸，没有胡须。高大的老人站在那里，宛似一株光秃秃的树木。他的双眼像那荒原和天空一样冷峻；鼻似刀裁，斧头般坚硬；肌肉像那荒凉的土地一样粗犷；双唇不比宝剑的锋刃更厚。

老人身旁站着三个僵硬、消瘦、穷苦的孩子。

三个可怜的孩子瑟瑟发抖，老人无动于衷，目空一切。犹如那坚硬荒原的品格。

老人手里有一把细小的种子，另一只手，伸着食指，戳着空气，宛似戳着青铜铸成的东西。

此时此刻，他抓着一个孩子松弛的脖子，把手里的种子给他看，并用下冰雹似的声音对他说："刨坑，把它种上。"然后将他那战栗的身体放下。那孩子"扑通"一声，像一袋装满卵石的不大不小的口袋落在坚硬的荒原上。

"爹！"孩子抽泣着，"到处都是光秃秃的，硬邦邦的，我怎么刨呢？"

"用牙啃。"又是下冰雹似的声音。他抬起一只脚，放在那孩子软弱无力的脖子上。可怜的孩子，牙齿咔咔作响，啃着岩石的表面，宛似在石头上磨刀。如此过了许久，许久，那孩子终于在岩石上开出了一个骷髅大小的坑穴。然后又啃啊，啃啊，带着微弱的呻吟。可怜的孩子在老人脚下啃着，老人冷若冰霜，纹丝不动，像那坚硬的荒原一样。

当坑穴达到需要的深度，老人抬起了脚。谁若是亲临其境，会越发心痛，因为那孩子，依然是孩子，却已是满头白发。老人用脚把他踢到一边，接着提起第二个孩子，这孩子已颤抖着目睹了全部经过。

"给种子攒土。"老人对他说。

"爹！"孩子怯生生地问道，"哪里有土啊？""风里有，把风里的土攒起来。"老人回答，并用拇指与食指将孩子可怜的下巴掰开，孩子迎着风，用舌头和喉咙将风中飘扬的尘土收拢起来，然后，再将那微不足道的粉末吐出。又过了许久，许久，老人冷若冰霜，纹丝不动地站在荒原上。

当坑穴填满了土，老人撒下种子，将第二个孩子丢在一旁。这孩子像被榨干了果汁的空壳，痛苦使他头发变白。老人对此不屑一顾，然后又提起最后一个孩子，指着埋好的种子对他说："浇水。"孩子难过得缩成一团，似乎在问他："爹，哪里有水啊？""哭，你眼睛里有。"老人回答，说着扭转他两只无力的小手，孩子眼中顿时刷刷落泪，干渴的尘土吸取着，就这样哭了许久，许久。

泪水汇成一条哀怨的细流抚摸着土坑的四周。种子从地表探出了头，然后抽出嫩芽，长出几片叶片。在孩子哭泣的同时，小树增加着枝叶，又经过了许久，许久，直到那棵树主干挺拔，树冠繁茂，枝叶和花朵洋溢着芳香，比那冷若冰霜、纹丝不动的老人更高大，孤零零地屹立在坚硬的荒原上。

风吹得树叶沙沙作响，天上的鸟儿都来到树枝上筑巢，它的花儿已经结出果实。老人放开了孩子，孩子已经停止哭泣，满头白发。

三个孩子向树上的果实伸出贪婪的手臂，但是那又瘦又高的人抓住了他们的脖子，像抓住幼崽一样，取出一粒种子，把他们带到附近的另一块岩石旁，抬起一只脚，将第一个孩子的牙齿按在地上。那孩子在老人的脚下，牙齿咔咔作响，重新啃着岩石的表面。老人冷若冰霜，纹丝不动，默不作声，站立在坚硬的荒原上。

那荒原是我们的生命，那冷酷无情的硬汉是我们的意志，那三个瑟瑟发抖的孩子是我们的内脏，我们的技能，我们的力量。我们的意志从他们的弱小无力中汲取了无穷的力量，去征服世界和冲破神秘的黑暗。

一把尘土，被转瞬而逝的风吹起，当风停息时，又重新散落在地上。软弱，短暂，幼小的生灵蕴藏着特殊的，无拘无束的力量。这力量胜过大海的怒涛，山岳的引力和星球的运转。

一把尘土可以居高临下，俯视万物神秘的要素并对他们说："如果你作为自由的力量存在并自觉地行动，你便像我一样，是一种意志，我与你同组，我是你的同类。然而如果你是盲目的，听天由命的力量，如果世界只是一支在无限的空间往返的奴隶的巡游队，如果它屈从于一种连自身也毫无意识的黑暗，那我就比你强得多，请把我给你的名字还给我，因为在天地万物之中，唯我为大。"

高格美句：

将尘土拟人化，并借尘土的话，在前文的基础之上，对文章主旨进一步升华。"力量"不仅仅是被动地等待"意志"去汲取，"力量"还可以转化为"意志"。只要"力量"是"自由的"并且能"自觉地行动"，那么"力量"就等同于"自由意志"，"天地万物之中，唯我为大"，极言人可以依靠自己的顽强意志，征服天地，征服世界，具有相当的哲学韵味。

独木舟之道

[美] 西格德·F.奥尔森

移动的独木舟颇像一叶风中摇曳的芦苇。宁静是它的一部分，还有拍打的水声，树中的鸟语和风声。荡舟之人是独木舟的一部分，从而也与它所熟悉的山水融为一体。

从他将船桨浸入水中的那一刻起，他便与它一起漂流，独木舟在他的手下服服帖帖，完全依照他的意愿而行。船桨是他延长的手臂，一如手臂是他身体的器官。划独木舟的感觉与在一片绝好的雪坡上滑雪几近相同，带着那种轻快如飞的惬意，小舟灵活敏捷，任你摆布；划独木舟还有一种与大地和睦相处，融为一体的感觉。然而，对于一个划独木舟的人而言，最重要的莫过于当他荡起船桨时所体验到的那种欢乐。

掌控独木舟需要平衡，要使小舟与灵活摇摆的身体成为一体。当每次划桨的节律与独木舟本身前进的节律相吻合时，疲劳便被忘却，还有时间来观望天空和岸上的风景，不必费力，也不必去考虑行驶的距离。

此时，独木舟随意滑行，划桨就如同呼吸那样毫无意识，悠然自然。倘若你幸而划过一片映照着云影的平静水面，或许还会有悬在天地之间的感觉，仿佛不是在水中而是在天上荡舟。

如果风起浪涌，你必须破浪前进，则另有一番奋

战的乐趣。每一道席卷而来的浪头都成为要被挫败的敌手。顶风破浪的一天——巧妙地躲过一个又一个的小岛，沿着狂风肆虐的水域下风处的岸边艰难行进，猛然再冲进激荡的水流和狂风之中，如此这般，周而复始。

在独木舟上，你是独自一人在用自己的体魄、机智和勇气来与暴风雨抗争。这就是为什么当经过一天的搏斗之后，终于在能挡风避雨的悬崖的背风处支起帐篷，竖起独木舟晾干，烧着晚饭时，心中会油然升起那种只有划独木舟的人才会有的得意之情。

乘风破浪需要的不只是划桨的技巧，还要凭直觉判断出浪的规模势头，要知道它们在身后如何破碎。荡舟之人不仅要熟悉他的独木舟及其路数，还要懂得身后涌起的波涛意味着什么。在狂野的水路上，乘着万马奔腾般的风浪冲向蓝色的地平线是何等欢快！

急流也是一种挑战。尽管它们充满险情，变化多端，无法预测，但凡是熟悉独木舟水路的人都喜爱它们的怒吼和激流。人们可以在大船、驳船、橡皮船及木筏上冲过激流，然而，只有在独木舟上，你才能真正感受到河流及其力量。

当独木舟冲向一泻千里、奔腾咆哮的急流边缘，继而被它那看不见的力量所掌控时，在全神贯注之中是否也会有隐隐的不安？起初，并无速度的感觉，但是，陡然间你便成为急流的一部分，被卷入吐着白沫、水花四溅的岩石之中。当你明白已经无法掌控命运，没有任何选择时，便如同以往所有那些荡舟人一样高喊着冲入激流，将自己的生死置之度外。

当小舟完全处于河流的掌控之中时，荡舟人便知道了超然的含义。当他凭借着技巧或运气穿过河中的沉树、突出的岩石和掀起的巨浪时，他没必要得到别的奖赏，只要他体验到那种欢乐就足矣。

印第安人说，只有傻子才会在急流中荡舟。然而，我却知道只要有眼里闪烁着探险的目光，心中怀有触摸荒野之愿望的年轻人，就会有人在急流中荡舟。体验大自然的风雨及风险是可怕而又奇妙的，尽管我也悲叹年轻人的鲁莽，可是也疑惑倘若没有它，世界会是个什么样子。我知道这种鲁莽不对，我是赞成年轻人敢想敢做的精神。我赞许他们所知道的那种荣耀。

然而，比冲过白浪、迎战飓风或躲过它们更重要的是那种感性认识。

独木舟所给予的是无边无际的水域和自由，是毫无约束的冒险和探索，那种感觉是大船永远无法体验的。帆船、划艇、汽艇和游艇无不因其重量巧用对比，将独木舟轻盈且不受拘束的特点，同帆船、划艇、汽艇和游艇因重量规模而受制的特点进行对比，更加鲜明地突出了独木舟给人的自由之感，表现出其能激发人探索、冒险精神的特性。

我心有猛虎，而你只要一枝蔷薇

140

和规模而受制于所航行的水域。但独木舟全无这种限制。它如同风一般自由，可以随心所欲地到达任何心驰神往的地方。

只要有水路的地方，就有连接水路之间的水路。尽管路上长满了荒草，有时难以被发现，但它们总是在那里。当你背着行囊穿过这些小路时，你与历史上曾走过这里的无数旅者结伴而行。荡舟人喜欢划桨的声音及它在水中移动的感觉，其原因之一便是这使他与传统联系在一起。

在人类实施机械化运输和学会使用舵轮之前很多年，古人便划着小木舟、兽皮制作的打猎小舟和独木舟在大地的水路上运行。荡舟人随着桨的划动和小舟的前行而摇荡时，便沉浸于忘却已久的回忆之中，并在潜意识中激起了深深的沧桑感。

当他荡舟漂流多日，远离自己的家园时；当他查看外出的行囊，知道那是他的全部家当并将靠着它旅行到任何他想去的新天地时，就会感到自己终于可以直接面对真实的生活本质。以前他在一些烦琐小事中花费了过多的精力，如今才回到一种古老明智的生活惯例之中。不知何故，生活突然间变得简单圆满；他的欲望所剩无几，迷茫与困惑全无，取而代之的是深深的幸福和满足。

划桨和荡舟的感觉中有魔力，那是一种由距离、探险、孤独和宁静融合在一起的魔力。当你与自己的独木舟融为一体时，便与独木舟所经过的山水密不可分。

雏菊披肩

时光的剪影里，是谁在阡陌旁徘徊，将雏菊制成爱的披肩，把那些美好的景、美好的事、美好的人都编织进去，发酵出美好的心事、醇香的幸福。

我心有猛虎，而你只要一枝蔷薇

姐姐的故事

张嘉佳

　　曾经有种异军突起的研究结果，人类的精神力量有各自固定的生物曲线，倘若画得形神皆备的话，活生生一根正弦函数，有起有伏，峰回路转。这个理论令我拍案而起，其荒谬程度犹如天狗咬月，假设这是个宗教学说，并且该宗教手握大权，那么哥白尼和我，会被拆皮脱骨，一个做成酱油蹄髈，一个搓成麝香虎骨丸。因为我从事九年制义务教育以来，考试成绩未曾波浪过一次，在及格线上舍弃徘徊，义无反顾平行到底。偶尔有一两次颠簸，其核心力量也是由于作弊，以上实例使我清醒地认识到，地心引力就算子虚乌有，那么零分引力是铁一般的存在。

　　即便是铁一般的存在，听说硫酸也能腐蚀这众志成城的金属，姐姐就是浓度达到99％的H_2SO_4。这肤浅的化学知识更让我铭心刻骨了一辈子，所有的人都有自己的坚硬外壳，也有属于自己的硫酸，一不留神就毁了生活的容。

　　姐姐向我宣布她有辛迪·克劳馥的美丽，可我发出几声尖厉的惨叫，并告诉她假如克劳馥睡着会磨牙的话，那么她们两个人才算有了共同点。姐姐的面相立刻就很狰狞，我知道她十分想强迫我服下七步断魂追命散，可惜她身边居家必备的良药只是珍珠养颜丸和太太口服液。

　　我们姐弟这种接近可怕的抬杠每日都不失时机

地爆发，令人黯然销魂。再比方，姐姐以比较师长的姿态替我恶补古文知识来应付联考，她施施然讲到古时女子往往无名字，嫁人后随夫姓，若丈夫姓王，自己姓李，则称之为"王李氏"，我异常严肃地指出她讲座中的疑点和值得商榷之处，倘使丈夫姓窦，自己姓牛，岂不人称该女子为"斗牛士"？更值得忧虑的是，丈夫姓西，自己姓洪，那被称作"西红柿"岂非颇为不雅？况且以此类推，"上海市""乐百氏"也会蜂拥而出了。于是姐姐拂袖而去。

我偶尔会承认她睫毛的确很长，或者她低头时那一抹雪白的鼻梁没准会秀气一下，或者她一头瀑布般的长发差强人意勉为其难地添了优雅的气质，然而这一切都在她略略生气时发生。我之所以这么说，已经非常虚怀若谷，因为她誓死认为我的长发不比稻草多一些光泽，她更惨无人道地认为我的笑容只有用"邪门歪道"可以形容。

高三的生涯艰苦卓绝，直叫人生死相许。而姐姐的武力、体力其实在我之下，我万般无奈俯首帖耳的原因，是她的靠山简直威震家内兮云飞扬。一把菜刀、一根鸡毛掸等能计算作一个士兵的话，妈妈就是八十万禁军总教头。"扣除零花钱乱舞"施展开来，等若日本暴力卡通中的终极奥义，整个世界顿时清净了，一切在那两个女人的谈笑间灰飞烟灭，包括美丽的女孩收到礼物时的笑脸。

液晶日历上的数字每天咬牙切齿地翻新，梦魇一般的联考努力要迅速拥抱我，写字桌上摆满厚薄不一、价格却都很威风的参考书。

一天我在深夜昏昏睡去，梦里一本心宽体胖的《数学题典》追着我穷追猛打，偶尔还发射血滴子，我欲哭无泪，无处藏身，被《每日一刻钟——政治》绊了一跤，我嘴里不干不净地坐起来，头顶一凉，

最美修辞：

运用拟人化的修辞手法，将所有的复习书册都赋予人的生命力，通过它们对"我"各式各样的攻击，展现出一个危机四伏的梦境，表现出联考复习过程中，我的疲惫及紧张痛苦的心情。

《高考冲刺100天》自上方呼啸而过。

我蓦然惊醒，发现姐姐小心翼翼擦着我额头的冷汗，她手指纤弱，我感觉到她的全神贯注和心无旁骛，耗费的精神力基本和她画水粉时势均力敌。她是弯着腰的，倾泻的长发在台灯柔和的光泽下，泛着隐约的浅红。沉默的我安静而祥和，窗外有小小的虫高声鸣唱，夜色在窗帘的罅隙里缓缓淌入，我听见一朵花绽放的时候，有颗露珠滴落在草丛中。姐姐大功告成起身的刹那，我"汪"的一声咬住她的发梢，未习练过空手道的她左手穿过我腋下，反身屈体，右手撑地，一个大背摔，我感觉到一股小力传来，为了迎合她的意图，我凌空腾身出去，在地板上连续翻腾几周。

姐姐恨声道："你再不争气，连守护神也帮不了你。"

我说："什么守护神，不就几只畜生嘛。"

姐姐抿嘴微笑，说："畜生也有灵魂，它们的王做着每个人的守护神，在姐姐也不知道的地方，高高地调配着众人的喜怒哀乐，就像一群大厨。"

蚊帐贴的酒井法子被姐姐撕落，换上了她手书的"南浦，我所欲也；交大，亦我所欲也。二者不可兼得，取南浦而舍交大也"。凭借老妈的威信，"姐姐"这个名词终于与"法西斯"之间画上了等号。

姐姐和我的房间比邻相隔。有一天傍晚，窗外淅淅沥沥下着小雨，姐姐告诉我她和男友分手了。我很冷酷很冷漠地反问她："怎么，你的第九次初恋又失败了？"

姐姐扭头摔上门。我望见她白色的裙裾在变窄的门缝中惊鸿般一掠而过。当我头顶的猫头鹰用甜蜜纯正的女声普通话说"北京时间，零点整"时，我的瞌睡醒了，一抬头，桌上多了杯依旧热气袅然的咖啡。

我可以猜想到姐姐端进咖啡时，我右手中的笔耷拉在笔记上，头枕左手，面露傻笑地和安室奈美惠、铃木保奈美、藤原纪香约会。这么晚，她该睡了。她有睡前翻枕头的习惯，那她就会发现枕头下的字条：

"世上还有杨过，你又何必为慕容复这种无情匪类伤心呢？女人一贯以自己的亲友达到的水准来要求自己的男友。有我这样的弟弟，所以也难怪你对男友失望，姐，像你弟弟同等出色的男孩毕竟稀少。姐，相信我，尽管如此，美丽程度仅次于我送出的那枝玫瑰，最终会飞至你手中。"果然，木板墙壁被轻轻敲了几下。我从墙缝接过一张字条：

"我，南浦中文系名留千古的才女以自己弟弟孱弱的文笔为耻，你就不能写些格调高的比方绝句律诗什么的吗？"

我抿了口咖啡，立刻狂喷不止，且精神大振。敲敲墙壁，我回了她一张字条：

"我以巴西的名义，无惧姐姐的诅咒，面对25℃～35℃的咖啡起誓——世上绝无比这更难喝的液体。包括某种用作施肥的人造有机物。"

见过姐姐的男士都赞美她王菲一般的嗓音，但我听见隔壁有女生吞了砒霜似的叫着诋毁我的文字。

姐姐喜欢无花果，因为她有一套关于无花果的哲学。她说过，那些隐藏在枝丫缝间的很小的花儿，却可结出醒目的果子。人们可以看见、羡慕、嫉妒光芒四射的成功者，一向不会注意、想起、记得奋斗时的辛酸与刻苦，以及汗水与努力。我告诉她，比如一个人吃得很饱以后，看到任何食物都会觉得和另一种用作施肥的人造固态有机物一样恶心。这是相同的道理，所以你的"无花果哲学"不如改称"人造有机物哲学"。姐姐那天出奇地没有愤怒抓狂，只是幽幽地叹了口气，然后用奇怪的眼光望着我说："一个

简单的道理，人们却不懂去明了它的深刻，我的无花果只有花没有果，我的无花果哲学也就只有因，没有果。"

两个月后我体会到它的深刻，并且撕心裂肺。我接到录取通知书那天，偷看到了妈妈藏好的姐姐的病历卡。于是我面前竖着的绿色与希望全部崩溃。人只有权痛苦，有权快乐，有权幸福，有权悲伤，却没有权选择。姐姐的面色越来越苍白，眼睛越来越没有神，长发越来越稀疏。我知道姐姐最爱的就是生命，她热爱生命，这个道理也很简单，我知道了十九年，可我不要它深刻，我永不承认它深刻，不然我的泪水会使我不再像个男子汉，这有悖于姐姐常提起的"男人要有男人味"的见解，而男子汉是只流血流汗不流泪，我愿用三分之一的血液去换取姐姐能一直在我耳边唠叨她的无花果哲学下去。之所以提到三分之一，是因为老师的生物课上曾教导我一个人流出的血液超过三分之一就会死亡。

我剃了个光头陪在姐姐身边，白血病使她的发型与我相同，我笑着告诉她，从此我们姐弟已经一无是处，无法无天了。可她不说话也不动，眼睛闭着。也许她不想看见我唯美的发型，以免笑坏肚子。然而我望见她眼角闪烁着晶莹的液体，这也该算人造有机物之一，据说所有人造有机物的成分都相当近似，而我的面颊冰凉一片，嘴边嘴角嘴里都有淡淡的咸味，我觉得它并不好喝，味道至少不如姐姐那在25℃～35℃之间的咖啡。

之后我爱上了飙车。我甚至想从家以140公里每小时的速度飞驰到南浦大学。但在高速公路上我越发寂寞。我双手握了满满一把速度，脚下疾风席卷着飞退的回忆，可我知道再也追不到看不见姐姐的背影，无花果只有花没有果，无花果哲学只有因没有果，原

最美修辞：

一组短促有力的排比句，历数了人生的"能"与"不能"，悲慨着"无权选择"的人生的无力感，而这种无力感在损耗着姐姐的生命。文字中急促的节奏，正表达了"我"因此而产生的愤怒与痛苦。

来人生有时也一样。

每年清明我去扫一座墓，一瓶汾酒湿了整层石的台阶。一个努力让自己成熟的人哭得像个孩子，他想第二次的怀抱，可是探手出去只是抚摩到了冰凉。如果物理和生理学成立的话，眼泪能带出躯干的体温，那么他会重新学习函数，计算假设每秒一滴泪都均匀地分布在这里，需要多久才可以让这座石碑变成正常的三十七摄氏度。他违背着自己的誓言，就算被人抛弃得猪狗不如，猥琐地生活在红男绿女的鄙夷里，也不能在两界裂开口子，因为畜生也有灵魂，它们的王做着每个人的守护神，在姐姐也不知道的地方，高高地调配着众人的喜怒哀乐，就像一群大厨。

守护神在姐姐也不知道的地方，那现在的姐姐知道了吗？

四年以后，我从南浦大学毕业，还是喜欢看莫名其妙的夜空，可是视力的缺损，导致星星们毫无光华，在泪如泉涌之中，夜幕模糊成一个微笑，微笑的姐姐小心翼翼擦着我额头的冷汗，她手指纤弱，我感觉到她的全神贯注和心无旁骛，耗费的精神力基本和她画水粉时势均力敌。她是弯着腰的，倾泻的长发在台灯柔和的光泽下，泛着隐约的浅红。沉默的我安静而祥和，窗外有小小的虫高声鸣唱，夜色在窗帘的罅隙里缓缓淌入，我听见一朵花绽放的时候，有颗露珠滴落在草丛中。

四年之中，每当看见热气腾腾的咖啡，我就忘记了时间，泪如雨下。

姐姐年方二八，正青春被妈妈削去了头发，三年级的我弹起了琵琶，音准很差，两个女人用一元钱打发，啊，快乐的少年郎，走着有人扶持的步伐。

高格美句：

科学化的描述性语言，给人以理性冰冷之感，却蕴含着作者热切的愿望，"让这座石碑变成正常的三十七摄氏度"，正寄寓着"我"希望姐姐能复活的热切幻象。语言风格与情绪意蕴间的强烈对比，使得文字更具有感染力，催人泪下。

雏菊披肩

高格美句：

对前文中"姐姐为我擦去额头冷汗"的特写镜头进行回忆性复现，给人一种时光倒回之感，与前文形成呼应，造就了文章内部情感气蕴的回环往复，表达了"我"对姐姐深切的怀念之情。

西西里的 美丽传说

/ 喜宝

记得上小学时，我的个头很高，一直坐在后排。而那时坐后排的无非两类人：一是个头长得快的，二是已经被老师放弃教育的差生。

在那些差生里，有一个女孩最令我难忘。她是个特别好看的女孩，有着浓且弯的眉毛，宝石珠子似的眼睛。最特别的是她微微上翘的眼角，一笑，仿佛一只狡黠的小狐狸。

这么好看的一个女孩，在拉帮结派成风的环境里，本该是最容易生存的。可她的每一天都过得那么艰难。

那时我们是前后桌。每天早上我到学校，都会发现前桌一片狼藉，抽屉里的东西被人翻了出来，桌面洒着墨水。发作业本时，要是老师不在，男孩们就会把她的本子当飞碟甩向吊扇。春游组队时，没有一个女生团队愿意拉她入伙。她一个人背着小锅子，走在大队伍的最后面。

我没有欺负过她，却也没有帮过她。这是很多年以后，仍留在我心上的一个伤疤。什么？你们问为什么不告诉老师？老师是一个年近五十岁的妇人，严厉而冰冷，最讨厌成绩差的孩子。你若成绩差，得到的往往不是公平，而很可能是一顿臭骂。

野炊时她一个人孤零零地坐在一个小山包上，我把妈妈蒸熟的玉米分了一个给她。她抬头看我，眼睛亮亮的，像是要把我的模样印到心里去。这么多年了，我还是没忘记。

这之后也算是相识了，我对她的帮助是秘密的，甚至带着一点儿惶恐。譬如主动去发作业本，在发到她的本子时，轻轻地把它放到她的桌上。即使这样的小事，也生怕被人发现。

我不愿站到大家的对立面，我是个怯懦的胆小鬼。

那一年冬天，在放寒假的前一天，她忽然偷偷地往后丢了一个小纸团。我把纸团摊开，上面是一行小小的字。她约我放学后去她家玩。

关于她的传闻一直是神神秘秘的，他们说她是单亲家庭的孩子，一生下来就没有父亲，又说她的母亲是发廊里不正经的女人。开家长会时，那女人穿得妖妖艳艳的，一走进教室，老师的脸都绿了。

她见我没动静，小心地转过头瞥了我一眼，又飞快地低下头。"如果不方便就算了，没关系的。"她小声说。

"不，我去。"

我到了她的家，是一栋两层小楼。冬天下了雪，她让她妈妈去买热乎乎的烧饼，又冲我一挤眼："我经常看见你在放学路上买烧饼吃。"

我们在客厅里一起看租来的录像带。她把床底攒了很久的花仙子贴纸一口气全拿了出来，傻乎乎的，又让人有一种别样的滋味涌上心头。

那天我走时天已经黑了。她站在巷口的路灯下，哈着气，双手捂住冻得红红的脸，冲我招手："下回还要来呀！"

过年后不久就开了学，我们仍是前后桌。有一天，她从办公室回来，忽然就趴在了桌上，肩膀一耸一耸的。

班里有人丢了笔记本，把状告到了老师那儿，说是她偷的。她就是不承认，在公共办公室里被狠狠训斥了一顿，全年级都知道了。

偷或者没偷，也许并不是最重要的。在那样的一个环境里，挑战了绝对权威，就是要付出代价的。

我永远也忘不了那个初春的午后，老师站在讲台上大声宣布她的罪行的模样。这个年近五旬的老教师说，对于小偷，不能不给出教训，并希望大家"帮助"她一起记住这个教训。

哭肿了眼的她走进教室，怀里抱着一沓厚厚的新本子。

本子各有不同，有的是周记本，有的是英语本。她走到每个人的桌前，对每一个人都说了对不起，腰弓得深深的，似乎再也直不起来。

每将一本本子递到对方手中，她就低头说一句："某某某，对不起，我偷了你的周记本。"她的头自始至终没有抬起过，直到走到我面前。

这时她手里的本子发得只剩下三四本，我不愿要，可她却在这时张了张嘴："对不起，我偷了你的英语本。"

我的脸顿时烧得滚烫，连耳朵也红透了。这是哪来的英语本？不不不，她压根儿没偷任何一个人的东西！

可是我这个胆小鬼啊，也只敢在众目睽睽之下，慢慢地伸出手。递出本子时，她长长的睫毛下挂了一颗很大很大的泪珠。她吸了吸鼻子，竭力没让眼泪流下来。

此后我们再也没说过一句话，半学期后，女孩转学了。

很多年后，我格外钟爱一位意大利导演，叫朱塞佩·托纳多雷。在他感动世界的"时空三部曲"中，我特别钟爱那个叫《西西里的美丽传说》的故事。

那是一部沉默而掷地有声的电影。美丽的女人来到小镇上，她什么也没做，却成为小镇居民眼中最大的威胁。嫉妒将人们的善良泯灭，而岁月和磨难也把她摧毁成了平凡的妇人。

小学同学的聚会上，我问老同学，是否还记得那个女孩。男生们挤挤眼："就是那个长了一双狐狸眼的女孩嘛。"欺负过她的女生却显得格外宽容："唉，后来她怎么就一声不吭地转走了。"没有人会承认自己犯过的错误，也没有人愿意去回忆那时的残忍。

可是，可是啊，我们都欠她一句对不起。

在你的生命中，是否也曾欠下这样的对不起？因为错的是大多数人，因为怯懦和服从，因为你不说，我不说，他也不说，也就渐渐成为岁月的沉默。

与你共骑的日子

孙镭耘

爸爸的自行车，我已坐了超过10年。在6岁之前，我是用一种站的姿势，立在前踏板上，面对并搂着他的腰。6岁之后，才有了独立坐在后座的资格和能力。

从来都不敢想有一天，就再也没有这个机会了。

想来爸爸像一匹忠实的老马，驮着我看世界的日子，真的很幸福。他下楼极快，每每于我还在穿鞋时，自行车的铃铛就急促地响了起来，那是急性子的爸爸在催我。我只好飞快地冲下楼，相当熟练地爬上后座。

"好了没？"他总也不放心。

"嗯。"我习惯性地回应。

一年四季，日子貌似简单地重复。只是，春天，一路迎风驶去，花香伴着泥土味儿直冲每一个毛孔。下午的阳光好极了，感觉自己像民国年间坐洋车的贵族小姐。

夏天，尽管被妈妈硬抹上防晒霜，被迫戴上遮阳帽，一趟回来还是满头冒水汽，像两只刚出锅的烤山芋。

秋天，自行车的轮子碾过金黄的落叶，一圈又一圈，发出咯吱咯吱的特别声响。这个季节还有一件必须注意的事就是防止跌倒，因为落叶貌似美丽，其实很滑。

冬天，被裹得里三层外三层的我们几乎看不清

最美修辞：

运用比喻的修辞手法，将"我"与爸爸外出回来后"满头冒水汽"的形态，比作"刚出锅的烤山芋"，生动形象地描摹出父女二人大汗淋漓的样子，极具生活化色彩。

对方的脸，呼啸的寒风使我们必须喊着才能听到。偏偏，就是有说不完的话，只好扯开嗓子叫。"什么？""再说一遍！"实在听不见，也只好装作懂了似的一起哈哈大笑。

一路骑行，风物各异。最美不过北京东路，会穿过高大的水杉林，恍惚间会生出穿越进童话故事之感。上龙江某处课外班，要经过一条遍布小吃的巷子。父女一致表示抵抗不住。而在新街口一带闹市骑行时，我喜欢在两旁商店的玻璃橱窗上寻找我、爸爸和自行车晃动的影子——一身灰黑的中年男人和穿着花衣服的小姑娘，那画面倒也颇为和谐。偶遇长势低矮的树枝，须齐齐低头避让，却只有我能躲开，另一位只能无奈地被"挠挠头"。回家必经之路的停车场上有几道减速杠，经过时总要颠一颠屁股，这时，可千万要有心理准备……各异的风景一直在变，却又似乎一直不变，傻傻地分不清自己是在看风景，还是已经成为风景的一部分。

时光就这样不慌不忙地在车轮下流淌。我的变化是清晰可见的。爸爸呢？上坡还是一样的快，跟我斗嘴的习惯还是一点儿没变。有时候，真觉得这就是整个世界了。岁月，静好。

直到那天，一个考完体育的傍晚，爸爸来接我。

我累了，很累。于是很随意地把头靠在他背上闭目养神。一会儿就觉得不舒服，因为头怎么也靠不住，一抖一抖地撞着他的背。这才发现爸爸的身体正在一前一后猛烈地摇动。

暮色渐浓，我像小时候一样无助地抓住车后把，呆呆地心里一片茫然。爸爸骑车开始吃力了，原来轻松而上的那个小坡有点儿蹬不动了。这是一个我不愿意却又必须面对的事实。面前这个灰黑色的身影，是我的世界，我的山。可就是这座我一直认为坚固无比的大山，却在不经意间晃动起来。不敢想，真的不敢想下去，若有一天大山轰然倒塌，我会不会有继续走下去的勇气……

父爱如山，深沉到做女儿的无法丈量其高度和重量。想写一句或许不贴切的话给他：你给了我生命无法承受之重，却从来没考虑过你早已在我生命中成了无可替代的唯一。

想来父女一场，虽是缘分使然，今后却必将聚少离多。只愿这自行车上共同骑行的岁月，一直留在记忆里。

闺蜜是漂亮
又完美的天堂

柯 晗

那天上着班她突然发来QQ消息，劈头就是"给张你的照片来看看"这句话。

我马上笑嘻嘻地去找，笑嘻嘻地发过去，然后殷勤地问，没变吧，太瘦了吧，你减肥没有呀。

她这两年在QQ上对我说话的语气越来越简短利落，互相也很少打电话，但即使听不到她温软嗲气的声音，我也不会误会她对我凶巴巴。

她在有一年突然和我说结婚了，丈夫是我的初中同校。过了两年她又冒上来，说生了个小男孩，胖了许多，很懊恼。她还经常抱怨我很多年不回去看她，但依然每年都和我联系，即使每次语气都很直、很冲，但我知道她从来没有真的对不主动联系她、说了多次要去看她却一再食言，甚至没有参加她婚礼的我生气。就算偶尔坐下来，越想越生气，也一定不会不理我吧。她是我高中的女同学，单名瑾。

我到现在还是很爱她。如今回想起来，那么多喜欢的女艺人，甚至最后定下来作为大本命的那一两个，全都长得和她有点儿像。

但事实上，我已不知道她现在是什么样子。最近看到的照片是结婚照，和高中时印象一样，鹅蛋脸，眼睛小，但笑容甜美，有虎牙，嘴巴咧开像莉香——这是我最喜欢的地方。她那时跟我一般高，身体圆润细长，背总是挺得很直，下课后笑着来找我玩，两个人要好到

没事就互相贴脸蛋。我们出生长大的小镇被半山环绕，闭塞而土气，空气和马路都不太干净，人们说着沙哑怪异的方言，镇中心只有巴掌大一块地方，稍微往外走就可以进入郊野。我那时觉得自己也和这个小镇一样：笨拙、灰头土脸、粗糙且只会傻笑。但她就不是，原籍不知道是哪里的她，说得一口糯软得像台湾腔的普通话。父母明明也没什么特别，却不知为什么她拥有天然可爱的姿态和用语，一身浑然天成的标准女孩子气。

我从那时就非常喜欢她，但很有自知之明地没有去模仿。整个高中我驼背剪着男生头，和她手拉手做她的小男孩。女朋友在日语里叫"彼女"，也就是"她"。

很多年前的大学暑假，我最后一次回小镇。晚上约她出来逛那条不足500米、没有任何新意的不大干净的步行街，最后累了随便找家冷饮店。我们在小镇闷热潮湿的夏夜对坐着聊天，还不知道这次之后好多年都不会再见面，说着无谓的女生话题。

我烦恼地说刘海总也不直好土气，她说："我知道哦，你头发长了就会有点儿自然卷。你看你的事我都知道的。"

她说的时候一直眯着眼睛露出虎牙笑。那时的我依然是没长开的笨拙小男生样，为一句突然而至的"你的事我都知道"害羞又开心得大脑空白死去活来，却只能没有任何技巧地以无与伦比的傻笑回应。说过这句让我记了许多年的话的她，不肯再给我看照片，所以她做妈妈后发胖的样子，我一直没法知道。而那天她看了我的照片，轻描淡写地回了一句"没变"。

她不知道十七岁时离开家乡小镇的我，怎样独自在大学慢慢长大，以及认识在她之后许多其他的

最美修辞：

运用夸张的修辞手法，"巴掌大"，极言故乡地域空间的狭小。

高格美句：

运用通感，将瑾的普通话腔调同糯米糕的口感联系起来，听觉与触觉被一个"糯软"勾连起来，令瑾的口音变得生动可感。

雏菊披肩

155

"彼女"。

她不知道那年夏天之后就没再见面的我发生了这么多事情，就像我也不知道结束和我一起的时光后的她，后来有些怎样的变化；不知道那些与我失去联系的女朋友们，现在又是什么模样。我们总会这样，不知何时就互相告别，结束有彼此经过的这段岁月，而后不再相遇。

可是，即使当时不会那么快地反应过来，即使作为女朋友不会像恋爱那样每一次都留下明显的记号……但是许多年后她们每一个，都让我开始逐渐明白到，有一部分的自己是因为她们，才逐渐柔软、完善，变成了现在的样子。

曾经在很多年前的夏夜说知道我所有的事情，有许多秘密不会和我分享依然互相依靠，总是在我前面，比我更早明白事理，拥有更多勇气、开朗、柔软、坦率、不认输、毫不犹豫的她们。就像一个个"彼女"范本，她们带来的每一点儿记忆和刻印，都是作为女生的自己，永远的必修课程。

悄无声息地绝交

破 军

● **标题赏味：**

"绝交"本是种强烈情绪化的行为，"悄无声息"却带有一种冷静色彩，这一冷静一强烈，在文题中形成巨大反差，给人以奇异的新鲜感，激发读者的好奇心。

初一的时候，我不是一个很出众的女孩子，短短的头发，小小的个子，穿着灰扑扑的校服，因为不瘦最多只能博得一个"可爱"的名声，成绩固然称得上优秀，却也因为不太会"来事儿"而多少显得格格不入。

初中的时候，有过一个好朋友，长得像春日树上绽开的水灵灵的桃花，眉眼里满是姹紫嫣红，笑起来妩媚极了。她性格开朗、爱笑、爱聊天，泼辣又不失可爱，经常有人围绕在她周围。我也是其中之一。

那时候不懂什么叫好朋友，只是觉得有一个人可以和自己在一起，可以一起聊天，可以一起吃饭，可以手拉手地一起去上厕所，就是很好的关系了。即使在我们的对话里我总是成为被奚落的对象，即使不知道为什么她总是对我开过分的玩笑，我也还是觉得，我们是好朋友。

当时还有另一个个子高高的女孩子也和我们在一起，也有一副好容貌，只是因为家境普通、打扮得略显土气而被淹没在人海里。我们三个人常在课间操时一起离开队伍，一起去小卖部，一起上课，一起聊天。

慢慢地，我开始觉得很累，因为"桃花姑娘"和"高妹"总是嘲笑我：今天说我刘海奇怪，明天说我身材矮胖，大后天也许是我不懂的一个新名词，大大后天又是什么呢？随便吧，反正总有理由，也总

最美修辞：

运用比喻的修辞手法，将朋友比作绽放的桃花，既突出她外貌的美丽，也暗示着她性格的活泼可爱。

雏菊披肩

157

有笑声。

只是那笑声不属于我。

"高妹"也常被笑，"桃花姑娘"经常在开玩笑的时候问我："你觉得呢？"挑衅的目光直射向我，我怯怯地点头，配合地笑笑。"高妹"和我不一样，被嘲笑也变成了一种荣耀。每当我们结束一个八卦的话题或是别的什么时，"高妹"总会谄媚地问"桃花姑娘"对不对，直到她说"对"，"高妹"才会开心地笑。

我逐渐变得焦虑，想要逃离她们，却碍于面子始终说不出口。小团体的形成是非常迅速的，而一旦形成，被打破的可能性几乎为零，你也无法融入其他的圈子。如果放弃，你可能就没有朋友了。

没有朋友就没有吧。

在某一个早晨，我早早地离开了她们，背后有她们的笑声，我硬忍着不回头，督促自己快回教室。坐到位置上的时候，我忽然觉得自己从来没有如此轻松过。

我终于悄无声息地完成了我人生当中的第一次绝交。

高格美句：

分置两段而形式相似的文字，似是两个人针对一件事在争辩、讨论，在语义形式上构成一种对话感，表现出"我"打算绝交时的思考过程以及内心的"焦虑"。

待我长发及腰

范芊芊

● **标题赏味：**

　　文章截取网络流行语"待我长发及腰，少年你娶我可好"的一个分句作为标题，囊括了全文的核心意象——长发，同时对"少年娶我可好"做刻意的留白处理，对读者构成一定的吸引力。

　　这是个初秋。她在水边坐下，绾起的长发一瀑流泉似的泻在肩头，而那素色发带松松系住的长长发辫，像是宣纸上蜿蜒而下的墨迹一般，越发显得惊艳了。

高格美句：

　　运用比喻的修辞手法，将长发比作流泉，将发辫比作墨迹，突显出姚卿萱秀发又多又长且乌黑亮丽的特征。

　　这么多年，她未曾剪过头发，一直到长发及腰。只是无论多长都不肯披散下来，像为了个固执的理由而蹲守一般，她执意地将满头青丝束起，绾成长长的发辫。没有人会知道，她这般固执地留起长发、扎起发辫，只是为了一个记忆中的少年。

　　姚卿萱其实一点儿也不喜欢别人动自己的头发。尤其是来拽她的辫子。她上初中时留着一头让人惊羡的长发。乌黑柔滑，像一匹最上等的绸缎。让人看了就忍不住联想起网上流传的那句"待我长发及腰，少年你娶我可好"。

　　让她始料未及的是，这长长的辫子会在初二下学期一下子有了另一种用途。

　　那时候谢秋荻已经和她同桌快一年了，不知什么时候开始他忽然就喜欢拽她的辫子。

　　一把抓过她的辫子从上捋到下的那种拽法。待姚卿萱带着三分愤怒七分无奈地转过头去，少年便会将一双细长的眼睛挑弯成明月，含了狡黠与调笑的眸光粲如星子，那言笑晏晏的模样在尔后流年暗渡的日子里恍惚着成了抹不去的永远。

最美修辞：

　　运用比喻的修辞手法，将谢秋荻调笑时的眼睛比作弯月和星子，通过对眼形和眼神的细致描摹，塑造出一个调皮阳光的少年形象。

没人知道"学神大人"谢秋荻是怎么想的。正如许多年后姚卿萱仍然不确定当年谢秋荻来拽她辫子时她是否真的生气过。

四月份的一天，班上一个同学跑来问谢秋荻题目，姚卿萱目睹着谢秋荻接过了练习册，神情半是专注半是慵懒地直起身，伸出只秀气的手来支着那尖削的下颌，突然在众目睽睽之下竟用空着的另一只手拽了拽她的辫子！

没错，就是拽辫子。半拽半抚，像给猫顺毛一般从上捋到下。谢秋荻像是没意识到有什么不妥似的，来来去去，从上到下拽得不亦乐乎。姚卿萱错愕半晌，见他没有停的意思才瞪着一双快要喷火的眼睛，一把掀开谢秋荻的手，条件反射似的扔过去几个字："……你有病啊！"那声音，娇俏中含了薄嗔。

被骂的谢秋荻却愣是没听着似的，面容清澈得让人惊讶。旁边问问题的同学早就傻了眼，在那个笔墨、试卷与八卦横飞的年岁里，有某些东西是不需要多言的。

一转眼半年过去了，似乎已熟悉了这样一个会拽自己辫子的同桌。有时候姚卿萱看着晌午的阳光，竟也会蓦地联想到谢秋荻。拽辫子好像忽然就成了个不成文的规矩或标志。谢秋荻固执地将它坚持了半年，未来，一定还会坚持下去——不知怎的带了山盟海誓的意味。

初中最后一年的岁月被无限地拉长，之后的日子变得很简单，频繁地考试，后来填志愿，中考，发成绩，然后是高中，理所当然不在一个班，虽然在同一所学校，见面次数却也寥寥无几。那些年的光影流连，拽过的辫子的过往，像是白日烟花一般寂灭了。待到姚卿萱发现自己早已把心遗失在他身上的时候，一切都已尘埃落定。

最美修辞：
运用比喻的修辞手法，将年少的美好回忆比作白日烟花，极言其美丽而短暂的特点。

日后，过了很多年，姚卿萱独自一人徘徊在大学校园里。水边柳色烟波，开着一丛一丛的荻花，她在水边坐下，因这荻花，却猛然想起了一个人，一个总喜欢拽她辫子的少年。

　　记忆中的少年走过了当时年少，走过了韶华白首，是否依旧一副衣不带水、俊眼修眉的模样。如果有一天他说，这么多年，你的辫子还是这么长。她定含泪看着他：这么多年，我一直等着你来拽。

街心异玫瑰

王蔚

我心有猛虎，而你只要一枝蔷薇

那座城市快要被玫瑰包围了，不同寻常的玫瑰，壮硕的枝蔓，巨大的花与叶，缠绕了一座座建筑，一辆辆未及开离城市的车……

有人提议把它作为世界第十大奇迹，用作旅游观光，但问题是，人们不敢轻易靠近它。

事情就发生在不久前的一个下午，在一条喧嚣的、烟尘弥漫的街边，她和他都抱着书本，并肩走着，两个人都羞涩着，不安着，谁也没有说话，男孩本来想买一束玫瑰送给女孩，可他又没勇气，在这样灰蒙蒙的空气里，一朵玫瑰就会吸引所有人的目光。

但是他不知道，女孩的心里，早已有花蕾结出，并在等待开放……

他们不约而同想离开这里的喧腾，想去一个宁静的、美丽的地方，他们开始过马路……

不断有大车小车在路上呼啸而过，没有红绿灯，他们走走停停，好不容易走到了路当中，就很难再进一步了，只得在呼啸中等待。这时，男孩就勇敢地抓住了女孩的手。

事情就从这里开始了，女孩感到浑身一热，她心里的花蕾就盛开起来，花太美了，美得不能够藏在心里，女孩捂着胸口，不期然跟男孩对视了一下，一朵玫瑰就从她心里冒了出来……

他们都没有太惊讶，年少的他们，相信任何不寻

常的事，哪怕是奇迹呢？

他们只是专注于那朵玫瑰，现在，它被托在女孩手心里，缓缓地绽开着，是一朵新鲜的滚着露珠的红玫瑰，花朵下的枝子从女孩指缝里伸展出来，越来越长，一片片叶子生发出来……

他们这样痴痴看着玫瑰，突然就被一辆车从身边擦过，一阵风带走了玫瑰，眼见它翻滚了几下，落在了不远处……

女孩愣在那里，男孩慌着去捡，但是，街心的玫瑰翻转了一下，突然竖了起来，长在了那里，男孩想去拔下来，却拔不动，眼看几辆车急打着弯从他身边擦过……

男孩越急，玫瑰越是不肯动弹，哦不，它在动，它的下端不断深入地面，地面裂出放射状的缝来，玫瑰花泛着隐隐的红光，伸展起来，枝叶也伸展起来，并且在飞快长高，玫瑰越长越大，还有越来越大的尖刺，扎痛了他的手。

等到一辆车开到跟前时，它已经长得跟男孩一样高了。

车子不得不急停下来，驾车人焦躁地吼着，越来越多的车急停下来，因为玫瑰已经向两边伸出侧枝，挡住了马路，路边的人们都好奇地涌了过来……

排成长阵的汽车都急了，一辆辆狂鸣起来，但玫瑰还在长大，侧枝还在伸展，花朵舒展得像一个在伸懒腰的巨人，并且继续长大，侧枝的花也开了出来，一朵一朵舒展起来，花丛在蔓延，在变得密集，袭人的香气扑面而来……

男孩不得不后退了，一直退到女孩身边，两个人拉着手，仰脸看着不住生长的花朵，虽被花丛逼得步步后退，但他们幸福地笑了，怀里的书本掉落一地。

所有的车都不鸣了，所有的人也都不嚷嚷了。

最美修辞：

运用比喻的手法，将花朵舒展的姿态比作巨人伸懒腰，生动形象地描绘出异玫瑰逐渐伸展、生长的动态过程。

街心即使在凌晨两点，也不可能有这样的寂静。

人群与车开始一点儿一点儿向后退去，因为玫瑰花丛的生长似乎不会有止境了……

当它变得像一幢楼那么大的时候，半座城市都被香气包围了，人们开始着迷地深深吸气，开始感到迷迷糊糊。

最早那朵花的枝子渐渐弯下来，花朵垂摆在地面，它太大、太重了，一阵风来，几片巨大的花瓣抖动着，鲜黄的花粉"呼"一下吹散开来，人们对这阵花粉没有防备，实际上，他们只是欣喜地迎着这阵花粉"雨"，但接下来，事情就不一样了。

不管是谁，只要有一星花粉落到身上，这人马上就变得极小极小，比拇指大不了多少，一群人纷纷变小了，还没变化的人们诧异极了，人群一阵阵骚动……

最先变小的正是这女孩和男孩，他们的发梢上沾了点儿黄黄的粉末，人就立刻变成拇指般大小，他俩顿时被掩进了花丛，谁也看不见了。

花丛里静极了，叶子像巨伞一样蔽护着他们，世界好像只剩下他俩了，多好啊！男孩说："要是我们永远都这么小，你会不会……"

"不会，不会……"女孩轻轻地摇着头。

是啊，他们才不会着急，也不会慌张，也不会后悔，这对他俩，是不值得在乎的事，只要让他们在一起，哪怕变得更小呢？

后来，我们都爱上了一个人

Clara写意

● 标题赏味：

题目中"我们都爱上了一个人"，具有多义性：我们都爱上了同一个人，还是"后来"都各自爱上了属于自己的一个人，抑或是我们都爱上了人类而非其他？引发读者的猜想，夺人眼球。

1994年的夏天，我被一朵玫瑰花扎伤了手指。

我在阳光下举起沁着血珠的手指，它是半透明的，有和玫瑰花相同的颜色。喜欢摩挲和赞美它的人是妈妈，她常常让我不耐烦。那些令她大惊小怪的东西——鸡蛋似的脸颊啦，缎子般的头发啦，黑白分明的眼睛啦，它们不过是青春。

而青春对我们是毫不足为奇的。

我们倒是挺稀罕一点儿过去。与回忆、思念、欲语还休有关的。那是很令人兴奋的，如果你的谈话能以"曾经"，或"那时候"开始。接着你的眼神便一个飘忽，离开了正在听着你讲话的人，到达一个安全的、他/她到达不了的所在，周围的一切都在缓缓流动，只有你怀着喜悦蹲守在时间的中心。

我们正是追逐美的年龄，同时也敏感地发现：什么样的美也抵不过时间之美。时间以沉默之姿一一走过，将事物镀上难以言说的美妙光辉。浪漫全部失之于轻薄，直到它们拥有很多时间。

对于15岁的我们来说，能够意识到这一点，是很不容易的。

遗憾的是，这是我们无能为力的。我们唯一能做的，不过是让陌陌利用广播员的身份，在校广播台一遍遍地播放卡朋特的《昨日重现》，当她磁性沙哑的声音在课间吹拂过操场，我们以近乎虔诚的态度随之

高格美句：

开篇若有似无间，好像在平铺直叙一个日常的生活场景，实际是进行着隐晦的文字暗示，"玫瑰花扎伤了手指"预示着"我"与浪漫的"爱情"不期而遇，为后文记述三个女孩相守一生的约定，埋下伏笔。

雏菊披肩

165

轻唱："everysha-la-la-la,everywow-oh-oh-oh。"

　　唱着唱着，我们就拥有了很多过去。

　　每周一次的班会课上，我们帮助修葺学校的小花园。这并不是一个简单的任务，因为需要自由组队完成。对15岁的少女来说，没有什么是比自由组队更考验人的，因为我们都对那个规则心知肚明：

　　孤独是可耻的。没有朋友是可耻的。

　　想象着周围的人一队队地走开，而你独独像退潮后被扔在沙滩上的贝壳，那简直是令人想要立刻去死的难堪。

　　所幸我不用为此而担心，因为我有陌陌和安娜。

　　我对陌陌说："我们要和新来的那个女孩做朋友。"

　　这感觉很难解释，并不仅仅是因为安娜的漂亮，也许是因为她过马路时如一只鹤小心翼翼涉水的样子。

　　陌陌却不是很乐意。和每一个15岁的闺蜜一样，她对我的爱带着独占。

　　终于，安娜如一只鹤小心翼翼涉水向我们走来，她说："你看，你看，我们的衣服分别是红、黄、蓝。"

　　从我手中汩汩流走的，分明不只是风。

　　一朵玫瑰从什么时候开始长出花刺？如今的女孩们想必更早，而1994年的我们，15岁。

　　我们已经读过了很多小说，包括《红楼梦》和《琼瑶全集》。我躲在被窝里打着小手电筒，依次看过36个男主角"疯狂地碾上"36个女主角的嘴唇，这扑面而来的崭新恐惧让我透不过气。

　　嘴唇，口水，舌头。哦，成人世界真是让人既恶心又发愁。

　　让我发愁的还有具体的两件事情。一是我越来越无法忽略的胸部。这件事以我以不去上学为威胁，逼着妈妈给我做了一件紧身褡裢而暂告一段落。

二是我的大姨妈。它第一次拜访的时候我坐在厕所门口哭了一个钟头。妈妈以为我是害羞，其实我是愤怒——我竟然堕落成了恶心的成人！

能够分担我心事的人只有陌陌和安娜。我们在体育课的间隙并排躺在草地上，这种时刻总是让人分外安心。四周凝滞下来，只有远处传来的不明嬉闹声。我们的鼻端有青草尸体的味道，还有我们自己的味道，新鲜、葱郁、小心翼翼。我们试着用同一个频率呼吸，直到有人"扑哧"一声笑出来。我百无聊赖地向着太阳伸展手臂，从我手中汩汩流走的，分明不只是风，还有些什么我们此刻毫不珍惜，而将永远怀念的。

男生们非常讨厌。我不明白他们怎么会在一夜之间，从和我手拉着手回家、同样芳香柔软的小伙伴，变成了一群陌生人。他们那么吵闹，那么能吃，那么没心没肺。在你需要他们的一点儿体贴时，他们永远看不懂你的暗示。而当你不慎大姨妈侧漏，或者第一次穿上草字头内衣的时候，他们的眼睛又比特务还尖。

最不可原谅的是，他们大多数比我们更瘦、更矮，衬得我们像女金刚一样，手脚都不知道往哪儿放才好。

在经历过两小无猜、疑窦丛生、捕风捉影的阶段之后，我们决定对他们采取敌视的态度，正如他们决定对我们采取敌视的态度。

安娜首当其冲。男生们有多喜欢偷看她，就有多喜欢捉弄她。她收获的恶作剧，比情书还要多。

人生可以安排得极为寂寞，如果爱情愿意。

我们鄙视男生，当然也鄙视爱情。爱情是软弱者的行径，他们败给的，是时间掳去我们澄澈的险恶用心。

教室最后排的那对男女就是很好的例子。他们趁

最美修辞：

运用通感的修辞手法，将形容颜色的"葱郁"和形容性格的"小心翼翼"与"味道"联系起来，表面上令嗅觉、视觉和感觉熔于一炉，写的是"我们"的"味道"，实际是在表现"我们"年少的特点和行事谨慎的个性。此外，"青草尸体的味道"，用语异于平常，给人以语言的陌生感，别出心裁。

雏菊披肩

167

老师不注意手拉着手的样子真是傻透了。最傻的是他们居然还以为我们羡慕他们的勇气，殊不知他们每一个互相凝视的眼神都让我们肉麻得汗毛直竖。

我们很矛盾。我们贪婪过去，但又惧怕现在。然而如果不经历现在，现在又如何能变成过去？我们憧憬一个记忆中的吻，它是完美无缺的，包括其时的月光和花香都完美无缺。它轻暖细密，体贴一个女孩需要体贴的一切心灵角落。但是当思绪转入现在——哦，口水。哦，舌头。哦，这些讨厌的男生。

只有一个人是特别的。我是多么不愿意承认这一点，可我的诗词手抄本证据确凿——它记录了许多个黄昏，我用四处搜集的文字描绘的第一次心动：席慕蓉，汪国真，莎士比亚和叶芝。

我偏爱那种尚未开始就已经着手放弃的爱情，例如这一首：

四季可以安排得极为暗淡

如果太阳愿意

人生可以安排得极为寂寞

如果爱情愿意

我可以永不再出现

如果你愿意

我和陌陌、安娜交换我们的诗词本。我们心照不宣：三本诗词本的男主角是同一个。这并不奇怪，因为大半个班的女生都是如此。

我们没有任何行动计划，除了写诗词本。任何行动都无法保持画面的美感，除了在虚空中漫无目的伸出去的手，任何有目标的手势都逃不开狼狈。

当然，如果展开行动的人是他，那么一切就不同了。谁会是这个幸运的女孩呢？一张放在文具盒里的字条告诉我们：她是安娜。

我哭了。陌陌哭了。接着，安娜也哭了。这么的幸福。是不敢想象的星光，突然在暗夜中回应闪烁。我知道，这星光将带着安娜离我们远去。

离并排躺在草地上的日子远去。

我们曾经怎样徒劳地拖延与这个世界的最终照面。

安娜如小心翼翼涉水的鹤，最终选择了驻足。

我想天上的诸神大概会暗暗发笑，如果他听到三个15岁的少女发誓要一辈子厮守在一起。这并不是一个轻率的誓言，她们制定了详细的方案，包括谁负责赚钱，谁负责家务，谁负责照顾收养的孩子。

包括在哪座城市，房子是什么样子，卧室里有三张床，分别是红、黄、蓝三种颜色。

包括每一天她们怎样被闹钟吵醒，在晨光中出发，在灯光中重聚，在都市里相依为命。

许多年后，我果然来到了一座都市，我有一间小小的卧室，里面只摆得下一张床。我在晨光中出发，在灯光中与寂静重聚，但我还记得15岁时伴随着青草尸体气味的誓言，记得我们曾经怎样徒劳地拖延与这个世界的最终照面。

像是玫瑰的天生第六感，我们一眼就发现了爱的暗面隐藏伤害。于是玫瑰长出刺，不是为了不被采摘，而是为了更加奋不顾身地爱。

安娜将字条的碎片抛向空中，暗示着这个夏天的彻底过去。我们进入毕业季，一切的烦恼都要为前程让路。

后面的记忆开始陷入混沌，像被风裹挟着不由自主地向前。风从各个方向吹来，骑着车赶路的街头，覆上薄冰的狭长走廊，没有人再试图张望的教室窗口。光线一点点暗下来，是我的视力开始下降，陌陌停下了卡朋特的《昨日重现》，每天准时响起的是高亢得令人吃惊的"眼保健操"。

我们每个人都沉静下来，将梦想和躁动放进现实的小抽屉，再按照指定的步骤一一打开。

或是永不再打开。

草地上的誓言像是只开一季的玫瑰，脆弱得经不起秋风的一夜打探。匆匆地赶了一站路，再抬起头来时，我们都已经不在彼此的身边。

后来，我们都爱上了一个人，也许是两个，也许更多。也许其实一个也没有，只是时间将我们放进了各自的日子里。

但我总忘不了，在15岁这年的夏天，发誓要和我共度一生的人。

雏菊披肩

169

田螺吻

摇摇

大四上学期，班里最小的男生阿毛不倦啃书当学霸的许多夜晚，常常发现一个游走于机械楼与新楼间的神秘的黑色背影，窈窕，高挑，常常唤起他大脑皮层深处的青春躁动。

那时，仅比阿毛大一个月的同班同学加密友莫复肯定地判断，阿毛其实因为胆怯，不曾真切地凝视过黑衣少女的面容，不知道她是不是巧目盼兮巧笑倩兮，不知道和他般不般配。但是，有一个周末的晚上，阿毛兴冲冲地约了莫复去大学旁边的祭酒岭小餐馆。

原来就在当晚，校园橘黄的路灯下，黑衣少女一个绝色的回眸，让近在咫尺的阿毛有一种那人就在灯火阑珊处的心荡神摇。于是，他把莫复拉到小餐馆来，并且第一次莫名地点了炒田螺。莫复因为不知道怎么吸出螺肉，索性作罢。阿毛却笨拙地、努力地吸得双颊通红。

他和田螺的因缘，就这样从黑衣少女在路灯下莫名回眸的这个夜晚开始。他把吮吸的味道，直吃到心里，这世间可有谁忍心阻拦这一场坦荡的暗恋啊？

田螺成了他不能自拔的尤物。在田螺吻的时光里，他的舌尖如梦似幻着，他的心里也如梦似幻着。魅惑的口感，在舌尖欢愉地盛开着青春躁动的情窦。

毕业的骊歌即将响起时，这个连初吻都不曾有的羞怯男生，在祭酒岭的小餐馆，将田螺吸得呼呼作响，用田螺填补了一项舌尖上的空白。

毕业论文答辩后的夜晚，阿毛和莫复路过那条甬道时，蓦然看到他时常坐的那张休闲椅上，那个黑衣少女正和一个男生旁若无人地热拥着。

田螺般螺旋湿吻，在他的眼前幻动起来。

莫复悲悯地看着身旁这一张被爱情负弃的脸，连忙搂住他的肩，把他带到了祭酒岭小餐馆，为他点了一盘自己不吃的炒田螺。

炒好的田螺很快端了过来，一粒粒都是活色生香的，但阿毛始终没有动筷去夹上一粒。是的，什么也没有发生过，他就要大学毕业了。那个来过他视线里的女生，永远不会知道，他血性的舌尖曾与活色生香的田螺水露相亲；也永远不会知道，他舌尖上满碟活色生香的爱情已经告罄。

几天后，阿毛回到家乡，那些舌尖上的田螺，渐渐成了他人生转弯处的苦涩记忆，深深地埋藏在舌根。

结婚3年后，传来莫复移民纽国的消息。那天夜里，阿毛和妻路过街头大排档，一时兴起，拉了妻坐下，点了啤酒和其他后，又莫名地点了炒田螺。然而，妻让他退了那份炒田螺。她温婉地说："田螺里有可能暗藏细菌、寄生虫。"——她永远不会知道，阿毛20岁时的激情与欲望，期盼与苦涩，魅惑与慰藉。

最美修辞：

运用比喻的修辞方法，将吻比作田螺，一方面形象地描绘出黑衣少女与男生亲吻的动作姿态，另一方面也写出了阿毛心绪的复杂恰如田螺那螺旋的形态，在旋转晃动而找不到方向。

雏菊披肩

一场永垂不朽的暗恋

猪小浅

高一那年，我偷偷地喜欢一个高年级学长。

那时候，我每天最开心的事情，是在人群中看到他的身影。我从来不担心哪天见不到他，因为优秀如他，活跃在校园的各大公众场合。早晨，他是庄严的升旗手；傍晚，学校广播里有他的声音；全校师生大会上，他从容地站在讲台上发言；甚至联欢会上，他还会表演小提琴独奏。

那是一段甜蜜又苦涩的暗恋时光，我独自咀嚼，黯然神伤。即便内心喜欢得要命，却从未想过有一天要向他表白。原来当你真正喜欢一个人，便会担心自己的唐突与冒昧会给对方带来困扰。所以只要能够站在人群中，远远看着他在舞台上散发着耀眼的光芒，就已经很知足。

多年后回老房子整理旧物，我无意中在一本高中课本里翻出一张有些泛黄的老照片。确切一点儿说，是一张集体照，可我的眼里只看得到那个玲珑少年——他站在旧时光里，有这个世界上最清澈、最好看的笑容。回忆，便在那个瞬间纷至沓来。

镜头一下子拉回至学长毕业那年，整个校园在我眼里仿佛都弥漫着离别的忧伤。一想到从此再也没办法随时见到他，我一下子陷入一种难过的情绪里无法自拔。

于是，我在书包里装了一台照相机，这样只要看到他，就能随时拍下他的样子。我无数次假装从他的身边路过，然后趁他不注意，偷偷去拍他的背影。

有一次，当我拿着相机在操场闲逛的时候，突然被一个同学叫住，请我帮忙给他们拍一张合影。我一下子紧张得说不出话来，连忙点头说好。因为我在人群中看到了正和别人埋头说话的学长。

按下快门前，我假装调整焦距，让取景框里满满的都是学长的脸，这是我第一次如此近距离地看他。此刻，他正和身边的人说笑，阳光穿过香樟树叶洒在他的脸上，美好得让我差点想要流泪。

我象征性地对所有的人喊"一、二、三，茄子"，然后连续按了很多次快门，没有人知道，我想让学长的每一个瞬间，不仅留在相机里，也刻进我的脑海中。

找我拍照的同学，问我能不能把照片发给她。我含糊地说了声"好"，留下QQ号码，便做贼心虚地逃离。

回到家，我迫不及待地将相机内存卡插进电脑。打开之后，却有些沮丧地发现，因为我当时过于激动，手抖动得厉害，十几张照片大都很模糊。唯有一张，学长的笑容明媚得如同初春的阳光。

我小心翼翼地在电脑里建了一个文件夹，将那段日子里拍到的他的背影和这张合照放了进去。然后新建了好几个文件夹，一层层地将这些照片包裹在最里面，鬼鬼祟祟的，好像这是一个永远也不能被人知晓的秘密。

高三那年，父母为了让我安心学习，打算没收我的电脑。那时，我的第一个念头是，那些照片怎么办？没办法，我只好去照相馆冲洗了这张照片，把它偷偷藏进书本。这是个秘密，除了我自己，再也无人

最美修辞：

运用比喻的修辞手法，以在内心深处酿酒比喻暗恋的过程，生动形象。酒于坛中发酵，时间愈久便愈加醇香，而"暗恋"的经历也会在人生的"坛"中发酵，时间愈久，这些记忆便显得愈加珍贵。

———————→

———————→

高格美句：

卒章显志，点出"永垂不朽的暗恋"实质是指"永垂不朽的记忆"。以《红豆》的歌词作结，于文本中再书文本，双重文本的套叠，拓展了文章主题的意义空间，增添文字意蕴。

知晓。

学长毕业后，我就再也没有见过他。多年后，辗转打听来的消息是，他大学一毕业就出了国。我的暗恋，就这样无果而终。

自始至终，这场喜欢都不过是一场独角戏。也许，这才是暗恋最迷人的地方。那时候的我们喜欢一个人，哪怕没有回应，也能甘之如饴。不计较，不贪婪，不声不响地在内心深处，酿出一坛浓酒。

王菲在《红豆》里唱："相聚离开都有时候，没有什么会永垂不朽。"实际上，当我们喜欢一个人的时候，那段时光便在心底成就了一段永垂不朽的记忆。

长大是一种宿命

方奕晗

在书店看到法国作家圣·埃克苏佩里的《小王子》时，我以为这又是一个白雪公主的故事。于是，当年那个一心盼望着长大成人的小姑娘狠了狠心，斥巨资买下了这本蓝色的小册子。

那时的我是个整天穿着肥大校服晃悠的中学生。从小到大，我所经历的一切似乎都顺利得合乎逻辑。对我来说，学习并不是一件需要占用很多精力的事情，而每天仅有的烦恼就是上学和回家时地铁能不能挤得上去。

书的内容一度让我很失望，因为它丝毫没有涉及期待中的浪漫故事。我只知道，小王子拥有一个只够自己生活的小星球，两座活火山，一座死火山；他种了一朵玫瑰花，怕它感冒，每天晚上都要把它放在罩子里。

十几岁的孩子能理解并记住的大约也就是这些了，我甚至觉得这些故事读起来有些索然无味，因为，生活似乎本该如此。

我和伙伴们把大量的时间和精力用在了一些无用但有趣的事情上：在学校花园里捉一种橘红色的会跳的硬壳虫子，比赛谁能背诵圆周率小数点后更多的位数，上课玩五子连珠，把兔子和乌龟带进教室让它们赛跑，看谁的自行车骑得最慢且始终能保持平衡，集

体逃课去看乔丹退役前公牛队的最后一次总决赛……

无忧无虑，日子过得单纯而快乐。我会时常想起小王子，幻想着和他一起看着一颗来路不明的种子生根、发芽、长叶，然后生出一朵硕大的花蕾。

直到高三毕业。

大学第一学期还没结束，我就带着一肚子委屈回去找中学老师诉苦：大学生活一点儿都不好玩。身边的人似乎都很忙，忙着学习的，忙着当学生干部的，忙着社会实践的，忙着考GRE的，忙着谈恋爱的……好像每个人都特别知道自己想要什么，也很清楚把精力用在什么地方性价比最高。

老师的一句话让我无言以对：有目标并且为之努力，这样不好吗？

恍然大悟。小王子毕竟只是个孩子，而孩子也总会有长大的一天。我这样安慰自己：长大之后，这个世界的游戏规则或许变得不一样了吧。对一个成年人来说，生活的至高原则不再是过得开心和有趣，而是要让自己做点儿什么，并且尽可能成功。

大人们的世界里有各种各样的不得已，残酷而又现实，但是无法逃避。我甚至开始试着理解小王子在旅行中遇到的追求权力的国王、爱慕虚荣的人、拥有无数星星的商人以及永远忙碌的点灯者。

我试着接受这个逻辑，让自己尽快成熟起来。要知道，当你用"有没有用"而不是"有没有趣"的标准来衡量一件事的时候，世界会完全变了样子。

比如，谈一场注定没有结果的恋爱是不值得的，因为即便投入再多感情也没有意义；比如，与其把时间花在公选课上，还不如躲在角落里背几个英语单词，等老师点完名之后再趁机溜掉；比如，把与专业无关的各种杂书扔在一边，随身揣着本微积分习题集，以便在期末考试中拿个好分数；比如，大一时还会拿着胶水满校园糊海报，到了大三，想破脑袋也弄不明白自己当初为什么会如此幼稚。

就这样，四年的大学生活过得了无生趣，尽管我拿到了几乎所有应该拿到的东西。我几乎忘记了陪伴自己整个少年时代的外星来客，忘记了那朵长着刺的玫瑰花。

再次与小王子相遇是在毕业之后。电视剧中，女主角的职业理想始终被无法抗拒的现实撕扯着，她把自己关在房间里，拿起一本《小王子》高声朗读。

我也想起了我的小王子。在书柜的角落里，我翻出了这本蓝色的小册子，学着电视里的样子，大声朗读起来："只要用心去看就能看清，本质的东西是肉眼看不见的。你只有眷顾了一朵玫瑰花，它对你来说才是独一无二的。正是你为玫瑰逝去的时光，才使你的玫瑰变得如此重要。"

这一次，热泪盈眶。

"长大"的过程就像是一种宿命，发生在每个人的身上。我们越来越习惯于依赖大脑思考、判断，而忘记了用心去感受。

就像小王子眼中那些古怪的大人，如果你告诉他们"我见到一所漂亮的房子，红色的砖墙，窗前种着天竺葵，屋顶上有鸽子"，他们绝对不会想到那所房子的样子。你必须对他们讲"我看到一所价值10万法郎的房子"，这样他们才会惊呼：多么漂亮的房子啊！

只要足够努力，我们之前设定的种种目标大都可以成为现实，可即便如此，依然会与生活的本质渐行渐远。

可惜，明白这一切的时候，我早已经不是当初那个孩子了。

当坏小孩好难

/顾康男

我心有猛虎，而你只要一枝蔷薇

178

我，在做了17年乖乖女、当了20次"三好学生"、担任了120个月的班长之后，终于抑制不住叛逆的心，经过长达240个小时的慎重思考，我做出了有生以来重大的决定——做一回坏小孩。17岁的雨季，何不潇洒走一回，无拘无束、快快乐乐地享受每一天呢？

"蓄谋已久"的计划开始了……塞着耳机，听着Back Street Boys的歌，我摇头晃脑地走进教室，潇洒地摘下耳机，才发现音量过大已震得我有些头晕了，不过为了维持bad girl的形象，值得！看着黑板上的动量守恒、动能守恒公式，看着那被撞得要落未落的临界状态下的小球，我悄悄地对同桌说："干吗非得让两个小球撞来撞去，再来让我们绞尽脑汁去研究？"同桌以看见外星人的惊讶表情看了我3秒钟，确信这话是从我嘴里冒出来的之后，感叹地说了4个字："经典名言！"一句话竟受到如此高的评价，我飘飘然都快不知道黑板在哪个方向了，只恨他没能立即动笔把这句话记录到笔记本扉页上永久珍藏。直到下课铃响，才发现我自己的笔记本上干干净净，一个字也没写。说出的话能被誉为"经典名言"，这可不是人人都能做得到的，我回味着同桌的表情，安慰自己。

可不知为什么，心里总有些发慌，如同一个偷了

钱包尚未被主人发现的小偷，我不敢正视老师，不敢正视笔记本。"咦，我的心情非但不轻松、不快乐，反而有一种从未有过的莫名压力——难道坏小孩会有更大的压力吗？"来不及细想，已到了午饭时间。我大摇大摆地在众目睽睽之下，从买饭"长龙"的"龙尾"插到了"龙头"。我打好饭，端着饭盒，从饥肠辘辘的人群中穿过。我让自己尽量走得轻松些、潇洒些，可是，今天打的饭菜似乎特别多，饭盒特别沉重，累得我直不起腰、抬不起头。好不容易走到一张桌前，开饭吧。"咦，今天的饭菜怎么这么难吃，还是我胃口太差？"我好不容易咽下几口，总觉得所有的目光聚集在我身上。我的手沉得提不起筷子，只好逃离了饭桌，逃离了食堂，空着肚子继续当bad girl了。下午尚未放学，我已饿得两眼昏花了。

恰逢同学来借笔记本，看着空空的笔记本，我决定放弃了，彻底放弃做bad girl的计划了。那不是真正的我！追求别人的角色，只会为自己平添痛苦，原来当坏小孩这么难。我又回到了原来的我，开始了我第121个月的班长工作，争取当上第21次"三好学生"……

最美修辞：

运用比喻的修辞手法，将自己"心里发慌"的状态与小偷行窃被发现时作比，形象地描绘出当坏小孩后不安的心情。

雏菊披肩

179

荒野之鹰

简　媜

小学毕业，明明附近有所初中，我却跑到离家40分钟车程的初中就读。好不容易与他们熟了，明明附近有几所高中可供选择，却大胆地跟导师讲："我要去台北考高中！"第一次，我知道北一女、中山、景美等学校，我问老师志愿顺序，他不太确定，但终于帮我排妥。他没问万一考上了，怎么安顿。我没提，那是我自己的事。

拿到准考证，回家才跟家里提。家人一向不管我功课。那时父亲刚去世两年，母亲出外工作兼了父职，阿嬷管田地、家园，我是老大，弟弟妹妹才上小学。谁管得到我？也不需任何人叮咛，我跟老天爷扛上了，赌一口硬气对自己讲："你要是没出息，这个家就完了！"

15岁，捆了今生的第一个行李，连牙刷、毛巾都带走。屋前屋后，巡了一趟，要狠狠记住家的样子。躲在水井边哭了一场，忽然长大了5岁。我不嫉妒别人15岁仍然滚入父母怀里，睁着少女的梦幻眼睛，而我却得为自己去征战，带刀带剑地不能懦弱。

所以，孤零零地在台北寄人篱下，每天花三个钟头往返于台北一所高中与复兴南路的亲戚家。台北火车站前，清晨卖饭团的妇人，我拿她当妈妈。坐在淡水线火车上，饭团啃完啃书本，每本书烂得软趴趴。课堂上，闭眼睛都知道老师说错一个年代。

那时，校内的读书风气不盛，许多人放学后赶约会、跳舞、逛夜市，情况好的，赶补习班。我没有玩的权利，也没经费参加课外补习班。还是那副硬脾气，就不相信出考题的能撂倒我，非上好大学不可。

这样逼自己，正常的十七八岁身心也会垮的。平常，没谈得来的朋友，她们追逐影星、交换情书，我没兴致；想谈点生命的困惑与未来梦想，她们打不起精神。我干脆跟稿纸谈，谈迷了，就写文章、投稿，成天在第二堂下课后冲到训导处门口的信箱，看有没有我的信。若是杂志社寄来刊稿消息，我会乐得一看再看，看到眼眶泛红；大报副刊寄回退稿，则撕得碎碎地喂垃圾桶，我想：总有一天，为了那一天，吃多少苦都值得。

我做事一向劲道猛，非弄得了如指掌不可。迷上写作，连带搜别人作品看得眼睛出火。他们写得好，我写不好，道理在哪儿得揪出来才能进步。常常捧着两大报副刊上的名家作品，用红笔字字句句勾，我不背它们，我解剖它们，研究肌理血脉，渐渐悟出各有各的路数，看懂名家也有松垮垮的时候。那时很穷，买不起世界名著，铁了心站在书店速读，霍桑的《红字》，赫塞的《流浪者之歌》《泰戈尔全集》，托尔斯泰的《高加索故事》……有些掏钱买了，其余则浏览，希望将来变成大富翁把它们全"娶"回家，看到眼瞎也甘愿。"世界太大，生命比世界更大，而文学又比生命辽阔！"我决心往文学路上走，不回头。

缺乏目标的年轻生命好比海上扁舟，我知道自己的一生要往哪里去。考大学只是眼前目标，我知道为什么必须上大学：不是依社会价值观、师长期待或盲目的文凭主义，而是依自己对生命的远大梦想。

高二暑假，每天凌晨四点起床早读。按照作战策略，这个暑假必须总复习所有科目并预读高三功课，

最美修辞：

运用了夸张的手法，表达了作者对文学的渴望。

至少做一遍从各补习班和明星学校搜集到的题库、试卷及历年联考试题，并且每隔半月"验收实力"——看自己能考上哪一所学校。

想睡觉，不行。开始思考打仗应该用智慧，光靠死拼不行！思考为什么叫人啃一头死牛没人要吃，煎成小牛排就美味得不得了。于是，把"作战计划"改成"大学联考料理亭"，依据自己的兴趣及胃纳，按照清醒到昏沉的时刻表安排筵席。

某日午睡，梦到自己只考了200多分，沮丧极了，恐惧这一生就这么成为泡沫。夜晚，虫声四起，前途茫然的孤独感占满内心，在日记上写着："我会去哪里？我会去哪里？"

抽屉里有一沓没写完的稿子，想往下写，又收进去，索性把专放稿件与写作大纲的抽屉贴上封条，仿佛唯一的财产被法院查封。

如此安顿之后，升高三。当同学们一个个进发高三杂症，勉强念书或奔波于各补习班像只无头苍蝇时，我却笃定得像块磐石，心稳稳地纹丝不动，继续以自己的作息方式安排读书计划。虽然高三下学期的课堂考试成绩糟透了，但我摒弃老师的授课进度及测验计划，照自己的时间表走，不急、不慌、从不脱序。我读书喜欢问"为什么"，然后思考答案。有时"国文"里的问题必须从"历史"找解答，"历史"里的疑问可以从"地理"得到线索。

活读比死背深刻，而且有乐趣。如此一遍遍地读到胸中如有一面明镜，且国文、历史、地理知识相互串联、佐证，活生生如能眼见一朝一代风华。联考前一个礼拜，同学们灰头土脸，乱了军心，熬夜赶进度；我却无事可干，反其道而行，逛市场吃红豆冰，早晨、黄昏到山径散步，过几天舒服日子。其实无形之中，脑子里正在整编、活络所有念过的内容，使枝

最美修辞：

运用了比喻的修辞手法，将同学盲目的复习状态比作无头苍蝇，将自己的"笃定"状态比作磐石，强烈的对比之下，衬托出自己高三复习阶段的学习得法与胸有成竹。

枝节节的知识更加密实，形成实力。我有自信，问任何问题，我都能说出一番道理。

联考那日，大多数人像进刑场，我却觉得像游园会。没放榜，我已算出自己能考到台大，就算科系不理想，选个学风自由的大环境再转系，总比意气用事只是填几个志愿再挤破头转校保险。我想到一个人才荟萃、高手辈出的大环境逼自己成长，所以，台大文学院6个系我全填了。同学问我："万一上考古系怎么办？"我说："那就去挖坟墓！"老师看到我的志愿单，同样皱眉头，我仍坚持从头填到尾。人生哪能一下子就称心如意？我把选校搁第一顺位，进了大环境，一切好说。"考进哪个系不重要，从哪个系毕业才重要！从哪个系毕业又不重要，将来走哪一行更重要！"我一向不认为一次联考就定了一生，往后的变数很大，多的是毕业后才改行的例子。与其四年后再从头学，我宁愿花一年时间好好摸索清楚，二年级时在哪个系，对我而言，就是决定了今生。

发榜后，在大屯山城赁居的小屋打点行囊，一下子天地开了。三年高中生活留下的日记、写的文章，一把火烧了，我的青春岁月在火光中、泪眼里化为灰烬。那些忧喜苦乐全不计较，也无须保存，我知道自己又要去陌生地方从头开始，就像过去每个阶段命运交给我一张白纸一样。

在不断飘荡中，能感受自己的生命有了重量与意义，是最大的收获。我太早离开家庭的保护，却学会了独立、为自己的生命做主。虽然无法像一般人那样拥有快乐的青少年时期，可是也学到了同龄孩子学不到的——如何做一只在荒野上准备起飞的鹰。当一切匮乏、无人为我支撑时，我惊讶自己能"无中生有"地磨砺出各种能力，守护自己。这样的训练比考上心目中的大学更重要——或者反过来看，因为有这种训

雏菊披肩

183

练，才考上心目中的大学。

　　每个人成长的困境不同，但我仍然相信，对生命热爱、对梦想追寻的这份毅力，会引领我们脱离困境。不要轻易认为今天就是末日，因为明天的太阳跟今天不一样。

　　如今回想高中生涯，短短三年，却把我一生的重要走向都确定了：我如愿转入中文系，如愿成为作家。少年时，怨怼老天，现在懂得感谢。

　　因为，当他赐给你荒野时，就意味着，他要你成为高飞的鹰。

樱花座女孩

/ 花凉

● **标题赏味：**

櫻花給人的感觉是温婉坚强，标题把樱花变成一种星座，让人们会好奇这是一种什么样的女孩，引起读者的兴趣。

晚自习时，坐在我旁边的室友忽然哭了。

一直觉得她是冷静又理智的女孩，这是我第一次见到她哭。我低声询问她发生了什么。她把手机递给我，屏幕上是七个字——我们还是分手吧。

是高中时便开始的恋爱，全心全意。只是那一年她高考失利，他去了远在东北的一流军校，她在家乡复读，心心念念的全是他，然而最终成绩还是不尽如人意，只勉勉强强进入一所二本师范院校。

即便是相隔二十个小时的车程，她也未曾动摇过他们之间的感情，甚至在心里盘算着省下生活费圣诞节去看他，谁料未到圣诞，他便提出了分手。

理由冠冕堂皇，他觉得她读了这样一所学校，以后只能回家乡那个小城市当个平凡的老师，而自己，他在短信里是这么说的：我以后肯定是不会回去的，我们的人生道路不一致。

这种理由，和"我不喜欢你了"相比，说不上哪一种更让人无力。

那场失恋伤筋动骨，她哭了接近一个星期，体重掉了整整八斤。

但也只哭了那七天。

第八天她从床上爬下来，去卫生间洗个头，出来之后吹干头发，而后便沉默地收拾桌子上的资料课本，去了图书馆。那尚是大家都浑浑噩噩拼命玩耍的

大一生涯，一场失恋，却让她一夜间从天真少女变成拼命三娘。

除了每天起得极早泡图书馆之外，她好像并未受那场失恋打击太多，依旧爱说爱笑，好似那七天的步步荆棘，不过是一场幻觉。

也并非一时打了鸡血，她坚持了三年。

三年后面临毕业，她的综合成绩全年级第一，拿到了全省优秀毕业生的称号，大家还在为未来迷茫发愁时，她却要在中国银行的offer和国内最好的外语学院研究生之间做出选择。

有些人失恋之后活成了一个笑话，而有些人，则活成了一段传说。毕业聚餐那天，我又一次看到她的眼泪。宿舍的人一起喝酒，她醉得最厉害，拉着我的手一个劲地哭，问我，我现在做到了，他能回到我身边吗？

答案，其实不重要了吧。

到现在，我和她还保持着联系，知道她正在准备雅思，力争明年出国深造。我有时也会同比我小的女孩讲讲她的故事，有人会好奇地问，她是什么星座？

我想了想，应该是樱花座。

樱花是一种很坚强的花。只要气温一到，樱花必然盛放。

不得善终的单恋，步步荆棘的分手，血肉模糊的背叛，哪一个女孩的成长史，说起来没有几滴斑驳的血泪？

愿每个女孩都活成樱花座，用最漫长的时间道别，在心底绝境中坚持，衣襟带花岁月风平，走在更好的路上。

月光青瓷

时光深处的一朵青莲，拢翠沾青。这些染霜沾露的倩影，藏在月光的痴恋下，缱绻成隔世的缠绵。世事遗忘。清澈、通明的写意。世界之上，生命之中。质感，以青花的姿态写意光影，泅染植物的温暖，镂空成一种姿态，安放流年。

● 标题赏味：

"舌尖"上的争议，包含了全文论述的两个核心关键词——《舌尖上的中国》和争议，可以理解为"针对《舌尖上的中国》的争议"。文章标题可谓匠心独运，一语双关。

"舌尖"上的争议

常 江

我心有猛虎，而你只要一枝蔷薇

188

高格美句：

开门见山，精当地对"争议"进行分析，直截了当地切入中心论题。

纪录片《舌尖上的中国》第二季开播，最终变成了一场全民狂欢。所谓树大招风，与第一季几乎是一边倒的赞美相比，第二季争议颇多。最大的争议有两个。一是食物与故事之间的关联性。不少观众批评该片在一味用痕迹明显的故事大肆煽情的同时，却忽略了最重要的主题：食物。一些食物被指做法错误，一些食物匆匆登场又匆匆离场，令人直呼"看都没看饱"。第二个较为隐晦，不少观察者和评论者认为该片一味追求对各种菜系的"全面""公正"呈现，其实已演变成了一种国家主义的教育，背离了其作为美食节目的初衷。其实无论哪种争议，最终都可归结为一个命题：在"好看"的前提下，电视节目应当在多大程度上发挥教化的功能。

这个命题并不新鲜，它几乎伴随着中国电视发展的全部历史。早在第一季中，"舌尖"便已流露出与20世纪80年代的"文人电视"十分相似的气质：唯美的画面、华丽的解说词、借物咏志的手法，并最终落脚于知识分子的家国意识。在多数人将看电视首要地视为娱乐的背景下，这种气质显得有点儿不合时宜，甚至矫情。当解说词把"去买菜"这么一个简单明了的动作，说成是"去市场上挑选新鲜时令食材"时，很多观众就崩溃了。而这种表达方式，在20世纪80年

代被认为是改造日常生活，将日常生活美学化的重要手段。虽然有些浮夸，但对快节奏的、粗鄙的现代生活，未尝不是一种矫正。

很多人说第二季不如第一季，因为它变"复杂"了，创作者要表达的东西太多，这话说得对。任何事情都有从简单到复杂的过程，一个节目从默默无闻到名满天下，也需要面对很多随之而来的东西：权力的介入、资本的力量、观众的干预，以及创作者微妙的心态。就像一个无人问津的穷小子突然中了巨奖，身边一定会冒出许多莫名其妙的亲戚朋友簇拥着他一样。因此，渴望"舌尖"在中国的电视经济与电视文化领域保持纯粹几乎是一个悖论。

尽管第二季还没有播完，且已经播出的几集水准并不完全一致，但我本人总体上还是对这一类型的纪录片持欢迎的态度。"舌尖"的成功，意味着在电视文化领域，几乎消失殆尽的文人气质的强势回归，尽管这一过程不可避免地伴随着商业、娱乐和各种意识形态的博弈。毕竟，它在梳理一项民族文化传统的同时，源源不断地提供着建设性的力量。如果你是家长，你更希望自己的孩子看美轮美奂的益智片，还是那部名叫《喜羊羊与灰太狼》的卡通片呢？答案不言自明。

在时下浓重的商业主义氛围中，"舌尖"透露出的十分稀薄的文人气质，我们应当珍惜。

最美修辞：

运用比喻的修辞，将《舌尖上的中国》第二季变得"复杂"的原因，形象化地比作穷小子中巨奖，使得复杂问题的解释简单化，令严肃的论题趣味化。

高格美句：

篇末采用典型的"豹尾"形式，重申了文章的中心论点，语言直白精练，却给人以掷地有声的力度感。

馋不是罪，
是有品位

/梁实秋

在英文里找不到一个十分适当的字。罗马暴君尼禄，以至于英国的亨利八世，在大宴群臣的时候，常见其撕下一根根又粗又壮的鸡腿，举起来大嚼，旁若无人，好一副饕餮相！但那不是馋。埃及废王法鲁克，据说每天早餐一口气吃二十个荷包蛋，也不是馋，只是放肆，只是没有吃相。对某一种食物有所偏好，对于大量的吃，这是贪得无厌。馋，则着重在食物的质，最需要满足的是品位。上天生人，在他嘴里安放一条舌，舌上还有无数的味蕾，教人焉得不馋？馋，基于生理的要求，也可以发展成为近于艺术的趣味。

也许我们中国人特别馋一些。"馋"字从"食"，本义是狡兔，善于奔走，人为了口腹之欲，不惜多方奔走以膏馋吻，所谓"为了一张嘴，跑断两条腿"。真正的馋人，为了吃，决不懒。我有一位亲戚，属汉军旗，又穷又馋。一日傍晚，大风雪，老头子缩头缩脑偎着小煤炉子取暖。他的儿子下班回家，顺路市得四只鸭梨，以一只奉其父。父得梨，大喜，当即啃了半只，随后就披衣戴帽，拿着一只小碗，冲出门外，在风雪交加中不见了人影。他的儿子只听得大门哐啷一声响，追已无及。约一小时，老头子托着小碗回来了，原来他是要吃榅桲拌梨丝！从前酒席，一上来就是四干、四鲜、四蜜饯，榅桲、鸭梨是现成的，饭后一盘榅桲拌梨丝别有风味（没有鸭梨的时候白菜心也能代替）。这老头子吃剩半个梨，突然想起此味，乃不惜于风雪之中奔走一小时。这就是馋。

人之最馋的时候是在想吃一样东西而又不可得的那一段期间。希腊神话中之谭塔勒期，水深及颚而不得饮，果实当前而不得食，饿火中烧，痛苦万状，他的感觉不是馋，是求生不成求死不得。馋没有这样严重。人之犯馋，是在饱暖之余，眼看着、回想起或是谈论到某一美味，喉头像是有馋虫搔抓作痒，只好干咽唾沫。一旦得遂所愿，恣情享受，浑身通泰。对于家乡风味总是念念不忘，其实"千里莼羹，末下盐豉"也不见得像传说的那样迷人。我曾痴想北平羊头肉的风味，想了七八年；胜利还乡之后，一个冬夜，听得深巷卖羊头肉小贩的吆喝声，立即从被窝里爬出来，把小贩唤进门洞，我坐在懒椅上看着他于暗淡的油灯照明之下，抽出一把雪亮的薄刀，横着刀刃片羊脸子，片得飞薄，然后取出一只蒙着纱布的羊角，撒上一些椒盐。我托着一盘羊头肉，重复钻进被窝，在枕上一片一片的羊头肉放进嘴里，不知不觉地进入了睡乡，十分满足的解了馋瘾。

　　但是，老实讲，滋味虽好，总不及在痴想时所想象的香。我小时候，早晨跟我哥哥步行到大鹁鸽市陶氏学堂上学，校门口有个小吃摊贩，切下一片片的东西放在碟子上，撒上红糖汁、玫瑰木樨，淡紫色，样子实在令人馋涎欲滴。走近看，知道是糯米藕。一问价钱，要四个铜板，而我们早点费每天只有两个铜板。我们当下决定，饿一天，明天就可以一尝异味。所付代价太大，所以也不能常吃。糯米藕一直在我心中留下了不可磨灭的印象。后来成家立业，想吃糯米藕不费吹灰之力，餐馆里有时也有供应，不过浅尝辄止，不复有当年之馋。

　　馋与阶级无关。豪富人家，日食万钱，犹云无下箸处，是因为他这种所谓饮食之人放纵过度，连馋的本能和机会都被剥夺了，他不是馋，也不是太馋，他

最美修辞：

　　运用比喻的修辞，将人犯馋时心焦难耐的状态，比作喉头有"馋虫搔抓作痒"，生动形象地诠释了"馋"的感觉，令文章顿时妙趣横生。

麻木了，所以他就要千方百计的在食物方面寻求新的材料、新的刺激。我有一位朋友，湖南桂东县人，他那偏僻小县却因乳猪而著名，他告我说每年某巨公派人前去采购乳猪，搭飞机运走，充实他的郇厨。烤乳猪，何地无之？何必远求？我还记得有人治寿筵，客有专诚献"烤方"者，选尺余见方的细皮嫩肉的猪臀一整块，用铁钩挂在架上，以炭火燔炙，时而武火，时而文火，烤数小时而皮焦肉熟。上桌时，先是一盘脆皮，随后是大薄片的白肉，其味绝美，与广东的烤猪或北平的烤肉风味不同，使得一桌的珍馐相形见绌。可见天下之口有同嗜，普通的一块上好的猪肉，苟处理得法，即快朵颐。像世说所谓王武子家的蒸饨，乃是以人乳喂养的，实在觉得多此一举，怪不得魏武未终席而去。人是肉食动物，不必等到"七十者可以食肉矣"，平素有一些肉类佐餐，也就可以满足了。

北平人馋，可是也没听说有谁真个馋死，或是为了馋而倾家荡产。大抵好吃的东西都有个季节，逢时按节的享受一番，会因自然调节而不逾矩。开春吃春饼，随后黄花鱼上市，紧接着大头鱼也来了。恰巧这时候后院花椒树发芽，正好掐下来烹鱼。鱼季过后，青蛤当令。紫藤花开，吃藤萝饼；玫瑰花开，吃玫瑰饼；还有枣泥大花糕。到了夏季，"老鸡头才上河哟"，紧接着是菱角、莲蓬、藕、豌豆糕、驴打滚、艾窝窝，一起出现。席上常见水晶肘，坊间唱卖烧羊肉，这时候嫩黄瓜、新蒜头应时而至。秋风一起，先闻到糖炒栗子的气味，然后就是炮烤涮羊肉，还有七尖八团的大螃蟹。"小孩小孩你别馋，过了腊八就是年。"过年前后，食物的丰盛就更不必细说了。一年四季的馋，周而复始的吃。

馋非罪，反而是胃口好、健康的现象，比食而不知其味要好得多。

肥肠之美

二毛

● 标题赏味：

本文以不同菜系的"肥肠名菜"串联成篇——川、鲁、本帮及创意菜，信手拈来且古今兼及，为读者呈上一份口味多样、形象各异，而丰富多彩的"肥肠"盛宴。

尽管追溯肥肠的历史有些不干不净，但这并不妨碍肥肠有千千万万的粉丝（肥肠粉）。我就崇拜肥肠，特别是刚出卤水锅的肥肠头，当场切上一寸节入口，那滑，那柔，那香腴的肥，塞满口腔的幸福。

早在明朝万历年间就有这样一群白领"肥肠粉"，即一本叫《金瓶梅》的书第52回这样写道：西门庆、潘金莲、李桂姐、应伯爵等围坐在捲棚内，"桌上摆设许多看馔：两大盘烧猪肉，两盘烧鸭子，两盘新煎鲜鲥鱼，四碟玫瑰点心，两碟炖烂鸽子雏儿，又是四碟肚子、血皮、猪肚、酿肠之类"。

这里的"酿肠"，是把洗净大肠截成一寸二分的段，再把小肠用盐、桂皮、花椒腌制一日，每五段并一起，扎住两头。然后把扎好的小肠分别装入大肠中，并把两头扎紧，再用调料腌渍一日。火上置锅，倒入清水，把腌好的酿肠下锅中，见开即用小火温煮，见大肠鼓起，即用竹签签眼出气，煮至肠熟烂捞出，待冷却后，切去两头，斜刀切片，内呈五花盛开，肥糯软香诱人口水长流。

看来《金瓶梅》不仅仅是一本情书，还是一本美味吃书。"酿肠"一菜可拿入当今后现代餐厅，创意成让它盛开在一枝梅花上上桌，肯定卖钱。

川菜中有一道几近失传的传统名菜"软炸扳指"，所谓"扳指"就是把肠头软炸后，切成四分圆

高格美句：

开篇即直抒胸臆，语言平实而富于生活化色彩，有效地拉近与读者的距离，引领他们去品味"肥肠之美"。

形，似射箭时戴在手指上的扳指。此菜是将猪肥肠头洗净，用料酒、花椒、姜葱等码味，入蒸笼后软炸而成。菜成后色泽金红，皮酥肉嫩，细软而香，吃时伴以生菜蘸饴糖醋汁，别有风味。

在我的记忆中，母亲很少用猪大肠做菜，也许是很难清洗且又费柴费火吧。我只吃过母亲的青椒炒卤肥肠。有一天黄昏，只见母亲左手提大概半斤卤肥肠（街上卤菜店买的），右手拎一大把非常辣的那种青椒回到家中。先将青椒洗净切成马耳朵，然后将卤肥肠斜切成圈丝（母亲边切边喂了我两嘴）。只见母亲起了个菜油锅，下青椒炒香，接着下蒜片炒，再下肥肠圈丝炒转使之带上鲜辣之香起锅。至今我还用此方便而快捷的炒肥肠法来下酒下饭。

上海本帮菜有一道名菜叫"红烧圈子"，据说这道菜是民国"上海皇帝"杜月笙的最爱。"红烧圈子"原名"炒直肠"，后觉此菜名不雅，按其圈子形状改名为"炒圈子""红烧圈子"。此菜始于清末，由于滋味吃口特好，因而从20世纪20年代直到现在一直盛名不衰。

而另一道山东名菜"九转大肠"也是享誉中外的肥肠菜。这道始于清光绪年间的"红烧大肠"，因制作像道家炼制"九转金丹"一样精工细作，故称为"九转大肠"。此菜的特点是具有酸、甜、香、辣、咸五种滋味，异常适口。

精彩的要数同属鲁菜系的孔府菜中的一道"龙眼大肠"，它直接给"下三滥"的猪大肠，推上了登堂入室的大菜宝座。其制法是，首先将大肠入沸水锅内焯出，斜切成10段；取一净盆，放入鸡脯肉茸、鸡蛋清、精盐、南酒调匀，酿入大肠内；将鱼翅针入沸水锅中焯出，插在大肠周围，将木耳末撒在大肠外圈，火腿末撒在木耳内圈，中间按上粒荷兰豆，做龙

最美修辞：

将青椒改刀后的形状比作"马耳朵"，生动贴切，对读者有很形象的指导性。综观全文，在描述烹饪过程时有许多类似的比喻修辞，既能活泼形象地描绘出食材的形态，又给人以轻松愉悦的生活情趣之美。

眼形。其次，将底盘抹油，放入龙眼大肠，入蒸锅蒸出，推入汤盘，加入清汤，再蒸五分钟后取出，滗出汤汁，浇入用清汤、南酒、精盐制好的汤即成。此菜为清代孔府内厨创制的一个造型菜，非常别致，鲜香味醇。

我曾创过一道以肥肠为主料的"牵肠挂肚"菜。开初是为了给某电视剧创意的一个爱情情节，即电视美食节目女主持人为了给一年未见的情人洗尘，而在自己家精心制作的一道相思之菜，不是一切都在无言中，而是一切都在情菜中。

女主持人买来半成品的肥肠及牛大肚，将肥肠对剖开切成8厘米的条，再将条切成锯齿形，牛大肚剞菱形花刀，再改成了3厘米×1厘米的条。用菜油和猪油形成的混合油五成热时，下肥肠及牛肚炒，依次加花椒、干辣椒节、姜蒜、料酒、泡椒、泡姜、泡萝卜炒；然后加清汤、糖、鸡精焖，收汁成半汤，快起锅时加芹菜、香菜翻炒几下起锅而成。此菜有香的艳，辣的烈，肥肠的温柔，牛肚的软脆。下筷子牵了情肠又挂了爱肚，此情此菜，让这个中年男人感动万分。

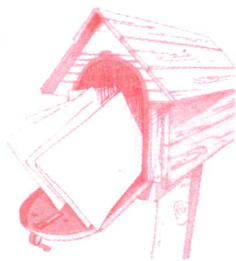

高格美句：

文章密集地罗列着各式肥肠名菜，不但有详细的烹饪方法，还有针对菜品色香味形的生动描述，常人在各种诱人的肥肠菜的"轰炸"下，很难不感受到"肥肠之美"。此外，文章语言平实而富于生活化色彩，更加有效地拉近与读者的距离，引领他们去品味"肥肠之美"。

相邀 / 二毛

我心有猛虎，而你只要一枝蔷薇

在台北张大千的院子里，除了烤架和泡菜坛子以外，亭子前还有一块巨大的石头，上面摹刻着《大千居士乞食图》。一楼的南面是餐厅，放着一张12人的大圆桌，古朴简洁。墙壁上挂着宾筵食帖，而且这几个字是由张大千亲自书写的。下面有他亲笔书写的两张食单，食单是用书画的形式写出来挂在墙上的。这两张食单一张是1971年初夏在美国的食单，还有一张是1981年在台北设家宴宴请张学良夫妇的。这两张食单是他一生中经典代表食单。因为张大千请客，只要是贵客，他都会提前把食单书写下来，等宾客来了以后让他们看。

他在巴西还有一个食单，是在八德园的一次晚宴：萱花烩松兰——珂，炒明虾片——珂，四川狮子头——珂，干烧鲟鳇鱼——雯，清蒸鲤——雯，相邀——雯，椿葱豆腐，清炒小白菜，清汤。菜名后所注的雯是张大千的夫人徐雯波，珂是张大千的儿媳之名。

这里面有一道菜叫"相邀"，其实是川菜"大杂烩"和湘菜"八宝鱼肚"的结合，由干贝、鱼肚、蹄筋、香菇、鸡片、火腿烩制而成。光绪末年这个菜被称为"一品当朝"，当时一个叫王湘倚的人指桑骂槐说：什么一品当朝，分明是一个大杂烩。他实际上是不满朝廷，但以后这个菜就叫"大杂烩"了。张大千嫌"大杂烩"这个名字不好听，便改了个风雅的名字"相邀"。

张大千喜欢狮子头，一开始沿袭了四川的名菜红苔狮子头。苔菜是四川农村一种独特的蔬菜，在炖狮子头的时候添加进去，故而得名。狮子头一般是用肥瘦各半的猪前胛肉加火腿、荸荠等做成的四个圆形丸子，在北方叫四喜丸子。先用猪油炸，后烤而成。后来在美国居住的时候，张大千也做狮子头，但是他用了苏轼的做法，不再先炸，而是直接清炖。

1965年，张大千在巴西八德园设晚宴款待他表弟喻钟烈夫妇，张大千亲自定菜单，亲自下厨。菜单上开了这样一些菜：炒虾球、糖醋背柳、百汁鱼唇、红煨大乌参、清汤缠回手抓鸡、糯米鸡、东郭豆腐、炒六一丝等。从以上的食单可以看到，张大千在川味的基础上汲取了各家的精华，从而形成了独树一帜的大千风味。

我们注意到这张菜谱里面有一道菜叫六一丝。张大千61岁那一年在日本东京开画展，东京四川饭店有一个名厨叫陈健民，为他特意发明此菜，是用绿豆芽、玉兰苞、金针菇、韭菜黄、芹白、香菜梗6种蔬菜加火腿丝，就是所谓六素一荤，呈红、白、绿、黄四色。

这道菜清鲜爽口，张大千十分喜欢。这个六一丝他每次款待嘉客的时候必须上，是他家宴的保留菜品。这个菜我们也可以用很多其他食材来替换，做成多种六一丝。

张大千一生都把烹饪当作一门艺术来追求，在他的眼里，一个真正的厨师和画家一样都是艺术家，他把厨师的技艺真正看成是一门艺术。张大千曾经教导弟子：一个人如果连美食都不懂得欣赏，又哪里能学好艺术呢？所以张大千常以画论吃，以吃论画。

有一次，张大千回故乡四川，朋友梅晓初在源记饭馆设宴款待他。席间张大千在吃到内江鸡肉抄手和蛋丝饼时就说："这些小吃绝非短时间就能够达到如此炉火纯青的境地。就如作画，纵然纸笔色墨尽皆相同，但到能者手中就会出神入化。"他把绘画的布局、色彩的运用以及画境的喻义都应用到了烹制之中。

在十多年前，我也曾开过一席"中国书法宴"。宴席上我将炒勺与笔对应，锅和器皿与宣纸对应，调味料与墨汁对应，食材与题材对应，烹法与技法对应，装盘与装裱对应，火候与章法对应。所以说中国烹饪与书法是相通的，与中国绘画艺术也是相通的。

今天，张大千宴客的食单作为一件件艺术品广为流传，而当时，能到张大千家吃饭同时得到其亲自书写的食单真是一种莫大的荣誉。1981年张大千在台北宴请张学良夫妇的食单，张学良拿回去精心装裱成手绢，特在后部留白，次年邀张大千在上面题字留念。于是张大千在上面画了白菜、萝卜、菠菜，题名"吉光兼美"，并题诗云："萝菔生儿芥有孙，老夫久已戒腥荤。脏神安坐清虚府，哪许羊猪踏菜园。"当时在场的张群也应邀在此页题字："大千吾弟之嗜撰，苏东坡之爱酿，后先辉映，佳话频传。其手制之菜单及补图白菜莱菔，亦与东坡之《松醪赋》异曲同工，虽属游戏文章而存有深意，具见其奇才异人之余绪，兼含养生游戏之情趣。"这一张集诗、书、画于一体，有九位名人在录的普通家宴菜单就一跃成了烹饪界和书画界所共享的稀世艺术珍品。这件珍品在1992年美国华盛顿展出的时候轰动了当地的书画界和烹饪界。

高格美句：

"相邀"的核心内涵，一为"杂"，二为"取众所长"，随后在全篇中记录描绘了多个富有"相邀"精神的事物——1965年巴西八德园张大千所写的晚宴菜单、炒六一丝等，几个事物，无一不有"杂烩"之感，无一不与那道菜品"相邀"相类，而于篇末推出这有九位名人在录的菜单，点出集各家所长融于一体之意，深化了主题。

邪恶食谱

孙碧仪

"禁"是全世界最神奇的人厨，最美妙的味精。减肥期间偷吃巧克力，一颗巧克力豆也能让你品出前中后味来。吃了两天的生菜叶子之后，那第一口虾的滋味，绝对和平时不同。我能感觉到舌头上的每一个味蕾，都在摇旗，欢迎这颗虾仁的到来。

BBC剧集《食物的真相》用20个5岁的小朋友做了一个试验。首先让20个小朋友为5种零食投票，选出他们觉得味道最接近的两种，芒果干和葡萄干。在午间休息的时间，他们可以随便吃芒果干，但只能在最后两分钟时吃葡萄干。记得，最开始的投票显示，小朋友们对葡萄干和芒果干的喜爱程度是一样的。但从第一天起，小朋友就表现出对葡萄干的狂热。一到葡萄干时间，大家都冲向葡萄干碗，大把大把地抓食。到了禁食葡萄干的第十天，小朋友都成了葡萄干恐怖分子，为了葡萄干，小朋友大声叫骂，还把同学推倒在地，芒果干越来越无人问津。

禁忌可以把普通的食物变成最高美食。看完之后我忽然醒悟，为什么自己对包装上印着"季节限定"的零食如此没有抵抗能力。因为过完夏天，这种巧克力就没有了啊！

芝士就是力量，这句话是培根说的。可是医生让我们两样都要少吃，真让人感伤。现代人越来越重视健康，运动却越来越少，只好把担子都挂在食物身

月光青瓷

199

上。为了保持健康，各路医生专家在荧幕上不停劝诱我们：饮食结构要以蔬菜、全谷类、各种豆类为主，猪肉牛肉羊肉都不能多吃，油最好是橄榄油葡萄籽油。什么？你说猪油？这种胆固醇炸弹怎么能随便上人类的餐桌？

在这样的大势之下，还是有一些大厨和美食家站出来，甚至以公开自己的坏品位为代价，号召大家偶尔放纵一下。

美食评论家Jay Rayner承认他爱吃炸鸡，美食记者Tim Hayward坦白自己无法对膨化零食Twiglets沾蛋黄酱说"不"。大厨Matt Tebbutt甚至出了一本食谱，分享他的罪恶美食。

这本食谱如此邪恶，却大受欢迎。让我们来看看其中之一：花生酱虾多士。起因是作者嫌中式快餐店的虾多士虾太少，于是愤怒开发了这款虾多士——花生酱邪恶升级版。插一个八卦，以"会吃"挂牌的才女张爱玲也爱吃虾多士。

在虾肉里加花生酱，本质上和在虾饺馅里加肥猪肉丁一样，都让鲜美的虾肉馅更油润，真是个美好的点子。吸满了油的炸面包，还有2两花生酱，有多邪恶？以跑一公里120卡路里来算，吃完这12片虾多士，够跑10公里。

虾多士有多吸引人？我却觉得"放纵一回"这件事本身更吸引人。毕竟，比起无原则大吃、挑三拣四地精心去吃、批判思辨地去吃，为了吃而舍生忘死，多么浪漫啊。

007说不定也明白这点。007电影除了给男人们留下了永恒的梦幻、只摇不搅的马丁尼喝法，还让抽烟很酷这件事深入人心。根据梁文道的分析，抽烟增加了007的男人味，特别是随着抽烟有害健康这一观点深入人心之后。明知抽烟会得肺癌，会不举，会心肌梗死，007还是义无反顾地抽烟，真是太有男人味，太酷了。若是没有抽烟会死这重警示，抽烟只好沦为《绅士守则》中，手不知放哪里才好时的、无足轻重的小道具了。

总是平白无故地难过起来

曹可凡

● 标题赏味:

"难过"常常是事出有因的，而标题却是"总是平白无故地难过起来"，"平白无故"即毫无因由，这便不禁引人发问：为什么呢？激发起读者的好奇心与阅读欲望。

　　因为《顶级厨师》，有幸与李宗盛有金兰之谊。

　　和宗盛大哥在一起，话题大抵离不开美食。而宗盛真正痴迷烹饪，源于与林忆莲那段婚姻。他俩喜结连理后曾于上海度过两年半难忘时光。Sandy父母是地道"老上海"，原先居住在法租界一带。虽迁居香江多年，却不忘上海人本色。一日三餐自然也不外乎熏鱼、烤麸、罗宋汤、炸猪排那样几款上海家常小菜。或许是耳濡目染的缘故，Sandy亦做得一手好菜，芝麻鱼排、盐水鸭、腌笃鲜、香糟扣肉、松仁玉米都是"林家铺子"招牌菜，连味蕾一向挑剔的宗盛大哥也赞赏有加。作为一家之主，颇有大男子主义色彩的宗盛大哥岂肯甘居下风。不过，和Sandy不同，宗盛大哥主攻西餐，培根青酱鲑鱼意大利面、红酒牛尾和香草烤鸡是"李家小厨"三大法宝。婚后，他觉得世上最快乐的事便是给心上人做顿美餐，而每日给女儿做便当更成为其人生主调。录音完毕回到家，往往已是子夜时分，夜深人静，他喝上几口小酒，抖落一身疲惫，专心致志调制各色佳肴。像牛尾、排骨等食材通常需要较长时间炖煮，他就见缝插针，继续创作，至凌晨4~5点，他将火关掉睡觉。次日上午10点起床，再对食物作最后调味，然后装盒，嘱司机送至女儿学校。他还刻意保存给三个女儿做饭的三口法国铜锅，准备将来待女儿出阁之时作为陪嫁，因为他想

要女儿懂得父母如何辛苦将她们抚养成人……

　　节目录制临近尾声，某日，忽发奇想，便盛邀宗盛大哥，和刘一帆大厨来家做顿家宴，并请来四位美女主持共同品尝。那次，刘一帆带来的是"意式蔬菜汤"和"恺撒沙拉"，而宗盛大哥则精心烹制一道主菜"香草烤鸡"。头天晚上，大哥便着手腌渍鸡腿。他先在锡纸上抹少许橄榄油，再搁蒜头与迷迭香，鸡腿撒上盐与胡椒，最后用锡纸包裹严实，进冰箱冷冻。但当天烤炙过程中，却意外状况频发。原来，我家烤箱买来后从未用过，再加上电压不稳，电路多次跳闸，急得宗盛大哥抓耳挠腮，大汗淋漓，不知如何是好。经一番折腾，功夫不负有心人，当"香草鸡腿"端上桌面，香气逼人，外脆里嫩。看到美女主持们大快朵颐的模样，宗盛大哥这才如释重负。但转瞬间，大哥竟"平白无故地难过起来"。众人不解，均以疑惑的眼神望着他。至此，谜底不得不揭开。因为当年宗盛大哥与Sandy来上海，便借居在我所居住的小区，院落里的一砖一瓦，一草一木见证着他们的悲欢离合。如今，故地重游，又有多少如梦往事爬上心头。所以，很久以来，大哥对上海可谓五味杂陈。难怪，他后来会在"既然青春留不住"上海演唱会上说："严格来讲，我没有很喜欢上海。我在上海失去了人生好大一块东西。我用好多时间努力和这座城市和解。每每行走在上海的街道，都会有一些情绪找我……"酒过三巡，菜过五味，我顺势递上一把木吉他，问宗盛大哥可想唱些什么。大哥沉吟片刻，拨动弦索，轻轻哼唱："你是我生命中的精灵/你知道我所有的心情/是你将我从梦中叫醒/再一次，再一次给我开放的心灵/关于爱情的路啊，我们都曾经走过……"

　　宗盛大哥的歌没有佶屈聱牙的繁复，没有华丽辞藻的堆砌，也没有故弄玄虚的哲理，有的只是平凡

最美修辞：

　　四个分句中，三个"没有"一个"有"，于排比中又形成了对比，突出了李宗盛歌曲平实中蕴深情的特点。

和生活化的絮叨，将浓得化不开的感情熔铸于那简约平实的文字与旋律之中，让听者不经意间引得感情共鸣。不同的人们好像总能从他歌中寻找到心理寄托。大哥二十年来为数十位歌手写过三百余首情歌，但他私下悄悄透露，其实自己基本上借三位女歌手之口来传递他的感情追求与人生向往。早期是陈淑桦，大哥高声疾呼："早知道伤心总是难免的/在每一个梦醒时分/有些事情你现在不必问/有些人你永远不必等。"直至遇到林忆莲，他心里才燃起爱的火焰，却又始终未能洞穿爱情的真谛，故而感叹"爱情它是个难题，让人目眩神迷"。相爱却难相守的爱侣终究难逃劳燕分飞的厄运，但大哥尚有满腔爱意还未诉说，于是，又由莫文蔚道出失却爱情的醉梦与无奈。"感情不是你情我愿/最好爱恨扯平两不相欠/感情说穿了一人挣脱的一人去捡/男人大可不必百口莫辩/女人实在无须楚楚可怜/总之，那几年你们两个没有缘……"

有人断言，失婚的男人比女人更孤独，因为"寂寞难耐/爱情是最辛苦的等待/爱情是最遥远的未来"。幸好宗盛大哥经受感情锤炼，练就一副金刚不坏之身，故有"岁月你别催，走远的我不追，我不过是想道尽原委"之感慨！

有一天和蔡澜先生及宗盛大哥聚餐，蔡老夫子说："做艺术的，不喜欢美食，就不懂生活，艺术创作终究会低一个层次。"宗盛大哥或许正是因为热爱美食，他的歌才有世俗生活的烟火气，并参透人生百态，这大概就是所谓的境界吧！

高格美句：

叙写李宗盛的感情经历，作者未遵循人物传记的套路，进行平铺直叙的描述，而是别出心裁地结合李宗盛的身份，以他歌曲的词串联起他的爱情历程，新颖别致。此外，歌词本身的含义，也在文中形成了另一重意义空间，使得文章表达的意蕴更为丰富，更有层次感。

● 标题赏味：

　　"豆腐"色淡味寡，向以平凡著称，文题却意欲探索"豆腐的美学"。题目中新颖的思路与表达，不禁引人猜测豆腐究竟"美"在何处，从而产生阅读的兴趣和欲望。

豆腐的美学

/梁文道

　　一说到"淡"这种奇怪的味觉，很容易就会联想到豆腐；而一提到豆腐，有朋友就开始争论，日本人要比中国人更懂得钻研豆腐。

　　且看名店奥丹，三百年的历史，传承了十二代。一坐进去眼前是幽静的池塘、青翠的树荫，食客们就以修禅的心情在茶室里品尝纯豆腐宴。全中国有哪家餐馆能像奥丹这般，专心致志地只卖豆腐呢？

　　再说下来，我们又会发现日本人对待豆腐的态度好像的确比中国人来得严肃。先别说有许多也是祖传了不知多少代的大师名匠毕恭毕敬地制造豆腐，光看豆腐弄的菜式，他们也往往以豆腐为主角；不像中国菜，豆腐通常用来担任吸味的配角，自己却总是无法独当一面。

　　例如夏天以豆腐做的中式开胃凉菜，最普遍的大概就是皮蛋豆腐。没有人能够否认豆腐和皮蛋的搭配确是一绝，但是皮蛋本身的味道何其浓烈，豆腐在这道小菜里怎样也抢不过皮蛋的风头。

　　反观日本，夏天最常见的就是一色"冷奴"，除去偶尔配着吃的西红柿素菜和可下可不下的木鱼丝等配料，柔滑到可顺喉咽下的冰凉"绢豆腐"就是唯一的重点了。

　　"冷奴"，光听名字就诱人，简单的凉豆腐在日本竟有这么美妙的名字，令人不得不佩服。

　　但只要查查书，就会发现"冷奴"的词源并不很

雅。话说"奴"本是日本武士中最低级的阶层，武士大名们出巡的时候虽然走在队伍最前，但其实连佩剑的资格都没有。这些侍从般的武士衣袖上印有一个白色的方块，看来有点儿像豆腐，而实际上这群"奴"也真爱吃不怎么需要料理的凉豆腐，所以日本人干脆把凉豆腐叫作"冷奴"。

你看，光是一个名字就能在异文化间引起美丽的误会。所以日本人豆腐吃得比中国人精，进而以为日本人在"淡"的味觉美学追求上也要比中国人优越，也是个有待斟酌的判断。且以两个极端的例子对比说明。

金庸小说《射雕英雄传》里的黄蓉精通厨艺，她曾以一道"二十四桥明月夜"为郭靖向洪七公骗来一式降龙十八掌。这道菜就是用豆腐做的了，只是过程复杂。先把豆腐剜成一个个小球，再放进一块挖了洞的火腿之中，最后吸饱了火腿香味的豆腐球就可取出奉客了。

另一个范例是日本商人发明的豆腐雪糕，虽然大家都知道它并非真以豆腐为原料，可是它仍然有一尝即现的豆腐味。它和"二十四桥明月夜"的对比，正好说明了两套对待豆腐和它那"淡味"特性的态度差别。

日本人可以全神投入地欣赏豆腐本身那平淡的香味，乃至于能够依照它的特点人工做出豆腐味的雪糕。而中国人对豆腐的关注却是着重于它那容易浸染其他味道的素质，然后花尽心思地创作种种以豆腐为载体和配角的组合。

有趣的是，豆腐即使拌上再浓烈的汁酱或肉类，吸了再多外来的味道，它本身的豆香还是可以隐隐浮现，掩盖不住。比如麻婆豆腐，尽管香辣，但还是吃得出豆腐的性格。又如前面提到的皮蛋豆腐，要是少

了豆腐的辅佐中和，皮蛋吃起来岂不是太过单调？

豆腐的淡，在中国菜里就像国画的留白。没有了这一方白，山水树木就不能呼吸，画面就缺了伸展进退的余地。平淡不是单独存在的，它总是在有余无尽之间将所有的食材和味道升华至另一层境界。反观日本菜里的豆腐，就像以空白的画面为主，人物和花鸟是为了强调这块白才勉强补上去的。两种吃豆腐的方法其实是两种淡的美学，一种把淡看成须臾不离此世的自然事物，另一种则执着地追求超凡脱俗的豆味。二者实在不用强分高下。

最美修辞：

运用比喻的修辞手法，以绘画中的"空白"喻指豆腐的"淡"，形象贴切，而且这种文人气质的比喻，令文字的表达更具典雅的"美学"色彩。

高格美句：

将中国菜中豆腐的"淡"，比作"国画的留白"，将日本菜中豆腐的"淡"，比作画面的"空白"，对比之中，蕴含作者看待问题时深刻的辩证性思维。卒章显志，点明"豆腐的美学"，正是一种"淡的美学"，颇具哲学化的表达，令文章意蕴无穷。

餐桌上的民国大佬

/吴安宁

　　"中华民国国父"孙中山很懂吃，是个中高手，他曾评价中国饮食之道说："中国近代文明进化，事事皆落人之后，惟饮食一道之进步，至今尚为文明各国所不及。中国所发明之食物，固大盛于欧美；而中国烹调法之精良，又非欧美所可并驾。"

　　除了政治上的重要作为，孙中山因早年学医，对医学方面也有所研究。他配制出的"中山四物汤"，可谓营养丰富、价格便宜、味道鲜美。

　　中医上的"四物汤"，用当归、川芎、芍药、生地四味药组成，是补血、养血的经典方药。孙中山配制的"四物汤"，则是集四种素食即黄花菜、木耳、豆腐、豆芽而成。

　　据孙中山的卫士回忆，孙曾跟大家说过"中山四物汤"的神奇功效：黄花菜又名金针，利水去火、健胃补脾；木耳养血、补肾；豆腐与豆芽能够提供多种维生素等。只是，当时的士兵们恐怕还是更盼望大块吃肉、大碗喝酒，而没那么喜欢这些素食。

　　其实，以现代营养学知识来看，黄花菜、木耳、豆腐、豆芽不仅有丰富的蛋白质、脂肪、糖类和多种维生素，其碳水化合物和粗纤维含量也比较高，而胆固醇的含量却比动物食品低，"中山四物汤"还真是养生的佳品。

除了自己发明"四物汤"，孙中山还喜欢吃两个菜：豆芽炖猪血和鱼头煲豆腐。

当时的外国人觉得吃猪血是野蛮的表现，孙中山用医学专业知识辩驳："猪血含铁质独多。为补身之上品……较之无机体之炼化铁剂尤为适宜于人之身体。故猪血之为食品，有病之人食之固可以补身，而无病之人食之亦可以益体。而中国人食之，不特不为粗恶野蛮，而极合于科学卫生也。"

在孙中山的老家广东香山，人们喜欢吃咸鱼，但不吃鱼头，孙中山却发明了"鱼头煲豆腐"，豆腐味淡，正好与鱼头之咸中和，食之别有风味。

孙中山提倡素食，多次提到素食的好处："夫素食为延年益寿之妙术，已为今日科学家、卫生家、生理学家、医学家所共认矣。"他对中国的豆腐大加赞赏，说它"实植物中之肉料也，此物有肉料之功，而无肉料之毒"，是绝好的食材。他更畅想中国饮食的未来"倘能再从科学卫生上再做工夫，改良进步，则中国人种之强，必更驾乎今日也"。

相比孙中山，蒋介石在吃的方面就比孙中山更加多元，其主要原因是蒋介石有三位夫人，对吃的东西各有偏爱。

蒋介石的原配毛福梅，与蒋是浙江奉化同乡。多年后蒋介石在国民党内身居要职时，对于家乡菜依旧念念不忘。南京主政时期，毛福梅会定期把奉化特产的奉虾、文蛤寄给蒋，并且腌制当地特色的鸡汁芋头、霉豆腐（豆腐乳）、臭冬瓜、咸黄鱼等给蒋介石送去。

芋头是中国的传统美食，奉化所产的芋头更是软烂可口，烘烤后再用鸡汁熬制，煞是鲜美。霉豆腐、臭冬瓜、咸黄鱼也是奉化有名的开胃小吃，蒋介石吃到这些地道家乡风味，往往眉开眼笑。对于蒋的这种喜好，曾有人作诗调侃："纵有珍肴供满眼，每餐味需却酸咸。"

大夫人会做家乡小吃，二夫人姚冶诚也会送来些姑苏美食，江南水乡的猪油枣泥麻饼，细软甜脆，也让蒋介石迷恋。

有海外留学经历的宋美龄饮食习惯偏西化，在宋的影响下，蒋介石也偶尔吃西餐。据蒋的侍官回忆，蒋宋虽是一家人，口味却是两样。宋美龄习惯于吃西餐，偏好蔬菜沙拉、烤鸡、猪排等；蒋介石则喜欢吃咸笋烧肉、咸菜大黄鱼这些家乡菜。两个人有时候互相调侃，蒋说宋："你真是前世羊胎，怎么这么爱吃草呢。" 宋则回敬："你把咸笋，沾上黑乎乎的芝麻酱，又有什么好吃呢？"他们也常请客，所备的菜肴都很普通，量也不大。据说常有人到蒋家吃饭后出来说没吃饱，当中自然有拘谨的因素，但也和饭菜欠丰盛不无关系。

更有趣的是，蒋介石吃中餐通常使用两副筷子、两把勺，一副筷子固定地把菜夹进碗里，另一副筷子送入口中；两把勺子也如是使用。另外，他外出视察，食品都会在南京预备好，由两名厨师先行乘坐飞机将准备的食物带到目的地，因为蒋介石从不吃当地厨师做的菜。

偏好故乡口味的还有"胡子大帅"张作霖。张大帅好排场，经常大宴宾客，府上有几十个厨子。不过，张作霖本人却对山珍海味都不感兴趣，他迷恋的还是高粱米饭、炖酸菜，并且规定家中平时只许吃这些。

张作霖每天早上都要喝碗燕窝高粱粥，常年来一贯如此，其次子张学铭曾回忆："有一次喝高粱粥，我大哥学良不喝，被父亲打了一筷子。父亲斥责我们说：'当年你老辈若能喝上一碗高粱米粥，能饿死吗？'从此以后，我们都不敢挑食了。"

张作霖还有个嗜好，就是吃蚕蛹——如今北方仍有这道菜，价格还挺贵。张学良晚年曾对人说："我父亲在的时候，我们不敢吃好的，叫他看见了就打。平常吃饭，厨房里就开四个菜。我最怕我父亲的（时候）就是吃饭（的时候），有两件事儿。第一件事，吃饭时你可不能掉东西，饭粒掉在桌子上，得捡起来吃了。掉地下，你也得捡起来吃了。这是最怕的。第二件事，他喜欢吃的菜，他就给你夹。要说他吃的那玩意儿，我可真不能吃！蚕蛹，吃过没？他最喜欢吃那个，给我，我简直不能吃，没法吃！"

最美修辞：

运用比喻的修辞手法。宋美龄喜生食蔬菜，恰与羊喜食青草相类似，所以蒋介石以"羊胎""爱吃草"，形容宋美龄的饮食偏好，给人以活泼风趣之感。

月光青瓷

成年后的少帅张学良，吃的花样比他父亲多得多了。他在北京和天津的时候，几乎尝遍了各种美食。有次有人对他说前清的宫廷宴十分美味。张学良听了心痒，甚至想把前清的大厨们召集起来，效仿着做一席，后因预算太大怕被父亲责骂，才放弃了这个念头。张学良又在几位英国朋友的影响下迷上了西餐，刀叉用得相当娴熟。

1936年12月的"西安事变"改变了张学良的人生，此后十多年里，他再也没能随心所欲地享受美食了。在半隐居半被监禁的日子里，张学良以垂钓排遣寂寞，而陪着他的赵四小姐，也琢磨出了烧鱼"秘籍"，做的鱼叫作"张家私房鱼"。

1946年，贵州桐梓县县长赵季恒探望隐居中的张学良。张留赵吃饭，又没什么菜，张就拿出套筒鱼竿，邀客人一同去钓鱼。赵回忆：张学良钓技非凡，一会儿就钓上来四五条一尺上下的大鱼，回家后赵四小姐将新鲜的活鱼拿进厨房，十几分钟后，一盆热腾腾的泡菜豆腐炖鱼就做好了。赵季恒吃后念念不忘，多年后都对人说"那滋味，真是酸爽"。

柴火慢

/ 殳 俏

　　从广州开车去从化，流溪河畔，有朋友自己造了一个菜园，种菜、种稻米、养鸡。广州周边一带的各种走地鸡，都已经非常好吃了，朋友说："你尝尝我们自己养的鸡，那也是不差的，更重要的是，这里无论是炖鸡汤，还是炒鸡杂，或者是别的种种鸡的做法，都是用的柴火。出菜会慢一些，但味道会更好。"

　　鸡汤是在我们抵达之前就炖了好几个小时的，装在黑色的大汤煲里，用汤勺舀了一碗，朋友又随手折了只鸡腿给我，就是这样简单的食物，一吃便能分出高下来。黄亮的鸡皮看着肥，吃起来却是糯的，裹住的鸡肉则是滑溜溜的，几乎没有什么纤维感。折下的鸡腿刚好在关节处，自然而然地，吃起来就有胶质黏嘴。还没喝完汤，又上来一盆辣椒炒鸡杂，鸡肝鸡肫鸡心，皆是又脆又嫩，弹牙之后紧接着爆汁的口感。加上自家种的辣椒，不是那么辣，只是清甜中带着点辛口，恰到好处地衬托出了鸡杂的鲜味。

　　为了我们这闹哄哄的一群人过来，朋友宰了六只肥鸡，从煲鸡汤到炖鸡，从辣椒炒鸡杂到韭菜炒鸡蛋，鸡是自家养，配菜都是自家种的，就连鲜鸡打边炉用的蘸料里的姜和葱，米饭所用的稻米，也都是自产的。并且更重要的是，大多数的菜都是用柴火做的，虽然需要大家等待的时间更长一点儿，但是在朋友的观念里，这样的烹饪方式会把食材的本味煽乎得

更香。"柴米油盐酱醋茶"，原本是中国人生活中最重要、最基础的元素，但如今，第一件的"柴"是最不知去向的。焚柴生火做顿饭，在城市中早已是既不切实际又不讲效率的事情，但在这流溪河缓缓流淌的节奏中，慢慢地等待着一道又一道荔枝木烧出来的柴火菜，闲来无事的一整个周末的中午和下午，还是可以这样消磨的吧。

用柴火来烹饪食物，在古中国颇有讲究，但是，并不是任何柴火都可用来日常做饭的。"桑柴火：煮物食之，主益人。煮老鸭及肉等，能令极烂。能解一切毒。秽柴不宜作食。"砍桑木做柴，适合比较多种类的烹饪，因为能把禽类和肉类料理得比较透彻。古人也会用拾来的稻穗或者茅草来烧柴火："稻穗火：烹煮饭食。安人神魂，利五脏六腑。麦穗火：煮饭食，主消渴、润喉、利小便。茅柴火：炊煮饮食，主明目、解毒。芦火：宜煎一色滋补药。"

《金瓶梅》里蕙莲用不到一根柴火烧一整只猪头："舀了一锅水，把那猪首蹄子剃刷干净，只用的一根长柴火安在灶内，用一大碗油酱，并茴香大料，拌的停当，上下锡古子扣定。那消一个时辰，把个猪头烧的皮脱肉化，香喷喷五味俱全。"这样一只柴火烧的猪头，用冰盘盛了，放上些姜蒜调味，配一壶金华酒，各路人马皆吃得津津有味。李瓶儿问她，当真是只用一根柴火就烧到了这个境界吗？蕙莲答，用不了一根，若是一整根都用掉，猪头早就烧脱骨了。用柴火做饭，重要的是人的因素，因为柴火是不稳定的，唯有人不离灶地看着，要添要减随时调整，才能发挥出神入化的烹饪技巧。现代厨具真正解放的是人的时间，稳定的温度控制可以让主妇不用再花费一个时辰对付一只猪头。但偶尔为之的乡间柴火饭，则是情趣，是意境。

食指与筷子

陈 益

后来人们形容大快朵颐、酣畅淋漓时，不说筷子大动，而是食指大动。

五千年文明史中，有多少发明创造风靡一时，又很快销声匿迹。中国人的筷子却始终不改本色。这种世界上生产成本最低的进餐用具，仅仅是两根形状、规格、材质一样的小棍子，相互间没有任何机械联系，通过和谐默契的操作，便成为手指的延伸。手指能做的，它能做；手指不能做的，它也能做。筷子活络着人的掌骨和手腕，催发着小脑共济功能，继而增进智慧。在洋快餐流行之际，上海有关部门积极将筷子"申遗"，这是一个极好的选题。

《左传》中曾记载这样一个故事：子公与子家要去见郑灵公，临行时子公的食指无意中动了动。他高兴地说："好兆头，食指动了，看来今天我们有口福了！"进宫后，果然看见厨子们忙着宰杀甲鱼，两个人不由相视而笑。孰料，进餐时，灵公召子公入室，却只管自己饮酒。子公终于克制不住，伸出食指放进盛着甲鱼汤的鼎中蘸蘸，又送进嘴巴里尝尝，轻蔑地看了灵公一眼，扬长而去。灵公十分恼怒，发誓要杀掉子公。然而万万没想到，子公抢先发动政变，在月黑风高之夜先杀了灵公。

他们之间的生死恩怨早已超越了吃，可是后来人

月光青瓷

213

最美修辞：

运用了反复的修辞，与开头形成一定的呼应，再次点题，突出强调食指与筷子间的文化联系。

我心有猛虎，而你只要一枝蔷薇

　　手指无疑是人体最为灵活的器官。在没有任何工具时，用手指抓饭、抓菜填进嘴里，是最方便的。五个手指中，第二指在抓饭时起着关键作用，难怪要被称为食指。事实上，先祖们最初是以双手抓食的。陕西绥德出土的一件铜钺上镂有"飧"字，象形图案刻画的正是两个人相对，双膝着地，伸手抓食的情景。但是渐渐地人们发现了筷子的好处。犹如发现捡拾树枝追杀猎物，敲打野果，或者用一端削尖的木棍采集植物块根，刺杀野兽，会更加方便一样。

　　知堂老人是一个深谙饮食文化奥妙的作家。他在《吃饭与筷子》一文里说过，因为中国、韩国、日本、越南、缅甸、新加坡的人使用筷子而执毛笔，西方人由执刀叉而拿钢笔。确实，地球上的人们由于进餐方式不同，大致可以分成筷子文化圈、刀叉文化圈和抓食文化圈。有学者说，目前全世界至少有18亿以上的人使用筷子。

　　在漫长的岁月里，貌似简单、内涵丰富的筷子影响着中国人的思维方式、民间习俗和宗教礼仪。不仅一日三餐不可或缺，在婚丧喜庆等礼俗中也都有其独特的象征意义。吴语中还有"象牙筷上掰饸丝"（存心找岔子）、"一根筷子好折，一把筷子难拗"（劝导团结互助）一类的喻句，以及"姐妹两人一样长，进出厨房总成双；千般苦辣酸甜味，总是她们第一尝"等的谜语。筷子在使用时，也有约定俗成的禁忌，例如不能抢在长者、尊者前动筷，不能使用长短不齐的筷子，不能用筷子指人，不能用筷子敲打碗和盘子，不能将筷子颠倒使用等。真的伸出食指，拿起桌上的东西往嘴里塞，也会受到呵斥的。

《意林》"松果阅读"金秋十月偶像来了
全青春文学名家阵容，华美包装展示青春

世界那么大，命中注定遇见你
马叛 作品

一粒沙子里隐藏着一个宇宙，
那是我纯粹守护的田园。

每个人的青春·都会接触到形形色色的人，
又会和一些人聚聚散散，如云来云去，
云聚云散。马叛说：这些相遇都是命中注定。
行走的路上，叛途的青春。

《陪伴是最长情的告白》作者，一个APP、
新浪微博，公众微信等常驻作家，
网络红人马叛，
2015年度最新最真诚的作品。

这世间所有的纸短情长
张芸欣 作品

这世间所有的纸短情长都是我们曾留恋或正在迷恋的暖香。

织梦人张芸欣在深夜，为你点一炉青莲之香，寻找渐渐远去的年少与青春。
青春旅途中猝不及防发生的故事，在余味中让我们将青春从此坦然忘记。

《月光漫过珍珠夏》作者张芸欣，强势推出的全新作品。

我不怀念你，
我只怀念有你的往昔
冷亦蓝 作品

就像是在燥热的午后突然迎来了一阵海风。

这是我们能够看到的最真实的青春故事，是你我青春最真实的写照，
充满我们都憧憬的美好，淡淡的忧伤却不矫情。
每个人都可以在她的故事中找到最原始的自己。

《左耳》之后，最深入骨髓的疼痛青春。
虚伪青春文学作家冷亦蓝，最诚意的微博书写，疼痛疗伤，爱无止境。